Morde mit "VX"

Teil 3/3 - Heisterbach

© Kersten Wächtler

AF236150

Rhein-Sieg-Kreis Krimi

Mord im Rheinland

Teil 3/3 -Heisterbach

*Der **elfte** Fall der Kommissarin Thekla Sommer*

© **Kersten Wächtler**

www.rsk-krimi.de

Bibliografische Information der Deutschen Nationalbibliothek:

Die Deutsche Nationalbibliothek verzeichnet diese Publikation in der Deutschen Nationalbibliografie; detaillierte Daten sind im Internet über

http://dnb.dnb.de

abrufbar

1.Auflage

Erschienen 10 /2020

Coverbild: Martina Johnen

Herstellung und Verlag: BoD – Books on Demand, Norderstedt

ISBN: 9783752625660

Alle Personen und Tathergänge sind frei erfunden.

Ähnlichkeiten mit lebenden oder toten Personen sind rein zufällig

David Sommer überlegte kurz, ob er Jana, die auf dem Bauch liegend schlief, mit einem laut eingeschalteten Radiosender wecken sollte, als er am frühen Morgen das Zweipersonenzelt wieder betrat, das er mit Jana am Rand der Agger aufgebaut hatte. Er wollte für zwei Nächte dem Alltag der Familien entkommen, dann aber erinnerte er sich daran, dass er, als er gerade in die Schule gekommen war, seine Mutter, die damals ebenfalls schlafend in ihrem Bett mit Davids Vater gelegen hatte, auf ähnliche Weise weckte. Er besaß damals eine Trommel, wie die von dem Jungen in dem Film "Die Blechtrommel". Er hatte sie geschenkt bekommen und damit neben das Bett seiner schlafenden Mutter gestellt. Dann schlug er laut auf die Blechtrommel und schrie los, wie der Junge in dem Film. Seine Mutter war damals vor Schreck aus dem Bett gefallen, als sie sich schwunghaft umgedreht hatte und es gab eine saftige Strafe. Nein, - strafen

7

würde Jana ihn sicherlich nicht, jedoch möglicherweise einen ganzen Tag mit schlechter Laune herumlaufen. Das wollte er nicht riskieren, stattdessen legte er sich mit seinem gut ausgebildeten männlichen Körper wieder neben Jana, nachdem er kurz draußen war, um seine Blase zu erleichtern. Auch Jana war nackt, da sie es liebte, engumschlungen mit Hautkontakt neben David einzuschlafen. David zog vorsichtig die Decke von Janas Körper. Da lag sie nun, die Schönheit der Natur. Er konnte zwar nur ihren Rücken sehen aber durch ihr leicht angezogenes linkes Bein wurde ihm der Blick auf Teile ihrer Weiblichkeit nicht entzogen. Er streichelte sie sanft. Die Fingerspitzen seiner rechten Hand glitten über ihre Schultern von der rechten Seite über ihre beiden Schulterblätter bis zur linken Seite ihres Körpers und wieder zurück. Diese leichte Berührung setzte er über die Innenseite ihres linken Armes fort, bis zur Hand und wieder nach oben. Mit einem leichten Seufzer drehte Jana immer noch mit geschlossenen Augen ihren Kopf auf die andere Seite, so dass David ihr nun ins Gesicht schauen konnte. Sie schien im Schlaf diese Liebkosungen zu genießen. David wurde mutiger und streichelte sie nun entlang der Wirbelsäule mit kreisenden Bewegungen, den linken und rechten Rückenstrecker nicht zu vergessen, vom Kopfansatz bis zu dem, wie er fand, entzückenden Po hinunter. Gerade als er den Po ausgiebig streicheln wollte, schloss Jana ihre Beine zusammen und drehte sich langsam um.

»Guten Morgen mein Traumprinz«, hauchte sie in Richtung ihres Liebsten.

»Guten Morgen meine Göttin«, gab er zurück und wollte beginnen, ihre Brustwarzen mit der Zunge zu liebkosen.

*

»Ist die Provideranfrage an den Mobilfunkanbieter vom Oberstaatsanwalt Hartung schon durch? « fragte

Thekla in Richtung Sybille, die gerade Tassen und eine frisch gebrühte Kanne Kaffee auf den ovalen Tisch des Besprechungsraumes stellte. Die anderen waren bereits vollständig anwesend und hatten sich hingesetzt.

»Nein«, antwortete Sybille Salz, »wir warten immer noch auf die richterliche Anordnung, ich kann aber gleich mal nachhören«.

»Gerne, - mache das bitte«, sagte Thekla, bevor Sybille den Raum wieder verließ.

»Guten Morgen zusammen. Habt Ihr Euch Gedanken zum weiteren Vorgehen in den beiden, vermutlich zusammenhängenden Fällen, gemacht? « begann Thekla die Besprechung. »Ihr habt gestern einen Winzer ausfindig gemacht, dem einige Weinberge gehören, in denen möglicherweise solche Bunker sind. Weitere Bunker befinden sich, soweit Ihr ermittelt habt, unter den Weinbergen des getöteten Rainer Hartung. Bei den vielen Bunkern, die es in der gesamten Eifel gibt, frage ich mich, ob es nicht noch weitere Besitzer von Weinbergen, Wildgehegen oder sonstigen Waldbeständen gibt, die ebenfalls ein Interesse am Verkauf der Berge haben, um sich somit Dutzende von Millionen Euro einzustecken? «

»Wow!«, stieß Robert laut und anerkennend hervor, »wie bist Du denn darauf gekommen? Das könnte uns einen verdammt großen Sprung nach vorne und einen neuen Ermittlungsansatz verschaffen«. Auch Thekla nickte anerkennend und wohlwollend.

»Moment«, meinte Lisa, »ich habe also im Internet noch weiter ermittelt und bin auf einen Namen gestoßen, der mich neugierig machte. Der Mann heißt "Baron Aloisio von Abels", irgend so ein mittelalterlicher Adel. Auch er besitzt große Teile an Bergen, in denen der siebzehn Kilometer lange Regierungsbunker im Ahrtal gebaut wurde.«

»Wo wohnt dieser Mann?« wollte Thekla wissen. »Vielleicht sind ihm auch Angebote unterbreitet worden, die im Zusammenhang mit der Versuchsanlage stehen?«

Lisa recherchierte die Anschrift auf ihrem Tablet. »Hier habe ich es. "Lohrsdorf", ein Ortsteil von Bad Neuenahr, an der B266 zwischen Bad Neuenahr und Bad Bodendorf. Hier, die Karte von dem Gebiet zeigt an, dass sich rings um Lohrsdorf Weinberge befinden«.

»Na klar, passt ja, wo soll man anders wohnen, als auf seinem eigenen Land«, spottete Robert etwas, der mit Thekla in einem gemieteten Haus in Siegburg-Stallberg wohnte. »Noch«, dachte er im stillen, »denn mit der Besoldungserhöhung durch die Höherstufung der Laufbahngruppen, könnten Thekla und er sich bald ein kleines Häuschen im Grünen leisten«.

»Lass uns direkt einmal versuchen, diesen Mann telefonisch zu erreichen. Er ist vielleicht in großer Gefahr«, meinte Thekla.

Lisa wählte die Nummer des Bürotelefons und schaltete den Lautsprecher ein.

»Ja, von Abels«, meldete sich eine jugendlich wirkende Stimme.

»Guten Morgen«, antwortete Thekla, »hier ist die Kriminalpolizei Siegburg, Sommer mein Name. Können wir bitte Herrn Aloisio von Abels sprechen? «

»Kriminalpolizei Siegburg? « fragte die Angesprochene, »hier ist doch Rheinland-Pfalz. Ist hier nicht Bad Neuenahr zuständig? «

»Das ist eigentlich richtig, aber hier ist eine höhergeordnete Abteilung. Können wir Herrn von Abels sprechen? «

»Mein Vater ist nicht da. Er ist vor etwa einer halben Stunde weggefahren. Eigentlich verwunderlich, denn er fährt sonst nie irgendwohin und schon gar nicht so früh, aber heute hatte er sich sogar fein angezogen. Worum geht es denn? «

»Ist denn vielleicht Ihre Mutter da? « fragte Thekla.

»Die ist im Badezimmer und macht sich gerade zurecht. Leider dauert es bei ihr immer etwas länger, Sie müssen wissen, meine Mutter sitzt im Rollstuhl«.

»Oh, das wusste ich natürlich nicht. Was meinen Sie denn, wann können wir Sie erreichen? «

»Ich würde sagen, so in, - Moment, - ich höre sie gerade kommen. "Mama, - komm mal bitte ans Telefon, - hier ist die Kriminalpolizei für Dich«.

Es dauerte eine Weile, dann meldete sie sich: »Ja bitte, hier von Abels«.

»Guten Morgen, hier ist Thekla Sommer von der Kriminalpolizei Siegburg. Eigentlich wollten wir Ihren Mann sprechen aber Ihre Tochter sagte bereits, dass er früh aufgebrochen sei«.

»Ja, ja, das ist recht ungewöhnlich für ihn. Er hat einen, wie er sagte, wichtigen Termin in Königswinter. Es geht wohl um viel Geld. Rufen Sie deshalb an? «

Thekla wurde hellhörig.

»Viel Geld? Können Sie mir sagen, in welchem Zusammenhang?«

»Genaues weiß ich auch nicht, aber er sagte, wenn das klappen würde, wären wir alle unsere Sorgen auf einen Schlag los. Wir könnten dann ein behindertengerechtes Haus am Gardasee kaufen. Wissen Sie, ich liebe die Gegend und das Klima dort. Es ist für mich eine Wohltat, dort zu sein. Meine Schmerzen in den Beinen, die ich seit dem Unfall habe, sind dort wie weggeblasen«.

»Dann scheint es um viel Geld zu gehen?« fragte Thekla interessiert nach.

»Ich denke schon. Mein Mann sprach die letzten Monate davon, dass er ein großzügiges Angebot für die Weinberge und die Ländereien unterbreitet bekam. Er alleine kann nicht mehr alles beaufsichtigen und nachhalten. Seit meinem Autounfall, bei dem unser

Sohn ums Leben kam, bin ich an den Rollstuhl gefesselt. Meine Tochter studiert in Heidelberg Medizin und hat auch kein Interesse an den Weinbergen. Ich glaube, mein Mann will verkaufen«.

»Wissen Sie, wo Ihr Mann in Königswinter den Termin hat? « fragte Thekla nach, da sie vermutete, dass sich Herr von Abels in Gefahr befand, dies aber nicht sagen wollte.

»Er erwähnte Königswinter-Heisterbach«

»Und wo genau da? Es ist schon wichtig «.

»Ich glaube er sagte "Kloster Heisterbach"«.

»Vielen Dank, Frau von Abels, ach – eine Frage noch, was fährt Ihr Mann für ein Auto? «

»Einen schwarzen Mercedes, G-Klasse, den braucht er hier in den Bergen«.

»Auf Wiederhören Frau von Abels«.

Thekla legte den Hörer auf, dann stand sie mit den
Worten auf: »Auf Leute, der Mann ist möglicherweise
in großer Gefahr. Wir fahren dort hin. Am besten mit
zwei Autos. Lisa und Peter, Ihr fahrt zusammen und
Robert und ich fahren in einem Wagen«.

Aus ihrem Twingo, den Robert immer noch steuern
durfte, rief Thekla die Polizeiwache in Königswinter
an, um die Kollegen dort zu informieren und als
Unterstützung zwei Streifenwagen zum Kloster zu
bestellen. Robert fuhr mit überhöhter Geschwindigkeit
über die Flughafenautobahn in Richtung Königswinter,
die am Autobahndreieck "Bonn-Ost" in die B42
überging. Hinter dem ersten Tunnel nahm er die
Ausfahrt Oberdollendorf, fuhr am Kreisel nach links
und nach einhundert Metern nach rechts in die
Cäsariusstraße. In Oberdollendorf musste er an der
Ampelkreuzung nach links und dann immer geradeaus.
Robert übersah, dass die sehr schmale Straße in
Oberdollendorf mit einer Ampelanlage geregelt war, die

nur den Verkehr in eine Richtung freigab. Ebenso übersah er, dass hier auf einer Länge von einigen hundert Metern, Tempo dreißig und die Strecke mit stationären Blitzanlagen versehen war. Knapp, bevor ihm der Gegenverkehr an der engen Stelle der Straße entgegenkam, gab er noch einmal kräftig Gas und überfuhr mit Tempo sechzig die Induktionsschleife der Blitzanlage.

»Das war das dritte Mal in drei Wochen. Hoffentlich kriegen wir das auch wieder geregelt«, meinte Thekla.

»Wir können doch die Einsatzfahrt nachweisen, gerade deshalb, weil Lisa, die hinter uns fährt, auch geblitzt wurde«, meinte Robert schmunzelnd.

Nach etwa fünfzehnhundert Metern kurviger Strecke, die durch sehr ländliches und kurviges Gelände führte, erreichten sie auf der rechten Seite, die Klosterruine Heisterbach. Fast hätte Robert den davor liegenden Parkplatz übersehen, aber mit quietschenden Reifen nahm er die Einfahrt. Nur wenige Autos standen hier, zu der vormittäglichen Zeit. Die beiden angeforderten Streifenwagen standen auch bereits dort. Aus dem einen stiegen zwei uniformierte Beamte sofort aus und kamen auf den Twingo zu.

»Das war aber ziemlich schnell, wie sie hier auf den Parkplatz gerast sind«, meinte einer der Kollegen, »Ihre Papiere bitte, Führerschein und Fahrzeugschein. Haben Sie getrunken«, sagte er, als er kurz vor dem Twingo stand und Robert ausstieg.

»Siehst Du, Schatz«, meinte Thekla amüsiert, »ich habe Dir doch gesagt, Du sollst die Drogen nicht schon am Vormittag nehmen. Das haben wir jetzt davon! «

»Drogen? « fragte der andere Beamte, der nun auch zum Twingo dazukam und sich zur gegenseitigen Absicherung, auf der anderen Seite des verdächtigen Fahrzeugs postierte.

Thekla lachte lauthals. »Nun mal ganz ruhig Kollegen. Das war ein Scherz. Wir sind im Einsatz und haben Euch angefordert«. Thekla zeigte ihren Dienstausweis, genauso wie Robert.

Die Uniformierten atmeten tief durch. »Solche Scherze können böse enden«, meinte einer der Beiden.

Der andere Dienstwagen, in dem Lisa und Peter saßen, befuhr den Parkplatz. Lisa wollte unterwegs nicht das Rotlicht einer Ampel überfahren, deren Gelbphase Robert gerade noch so durchfahren hatte.

»Wow«, meinte Lisa, als sie die Klosterruine sah, »was ist das denn? «

Ein uniformierter Kollege, der hinzukam, als er die knackige Erscheinung in Form von Lisa sah und von deren Oberweite, recht angetan schien, meinte eifrig: »Das ist das ehemalige Kloster Heisterbach. Die große Abtei wurde 1237 nach jahrelanger Bauzeit, fertiggestellt und wurde von der Größe, nur vom Kölner Dom übertroffen. Im Jahre 1809 wurde die Kirche an einen französischen Unternehmer verkauft, der die Steine nach Sprengung der Abtei für einen Kanal und für Teile der Festung Ehrenbreitstein, bei Koblenz, verwendete«.

»Darf ich mal unterbrechen«, meinte Thekla ungehalten, »wir sind hier, um ein mögliches Verbrechen zu verhindern, nicht um Geschichtsunterricht abzuhalten«.

»Ich wollte doch nur…«, versuchte sich der junge Polizist zu rechtfertigen.

»Seht Ihr hier irgendwo einen dunklen Mercedes der G-Klasse? fragte Thekla.

Eine Umschau auf dem Parkplatz brachte kein Ergebnis. Da standen zwei Wagen mit Euskirchener Kennzeichen. Zwei Wagen mit gelben Nummernschildern, ein kleiner LKW des Königswinterer Bauhofs und am Rande des Parkplatzes noch ein Wagen mit Bergheimer Kennzeichen.

»Da hinten«, Peter Ludwig zeigte zum Waldrand, wohin ein Feld- und Wanderweg vom Parkplatz aus führte, »dort scheint ein Wagen dieser Klasse zu stehen«.

»Tatsächlich, das scheint so ein Wagen zu sein«, bestätigte Thekla, die sich bereits in Gang setzte, um den Wagen zu überprüfen. Die anderen folgten ihr schnellen Schrittes. In diesem Moment hörten alle das kräftige und tiefe Bellen eines Hundes. Thekla schaute in die Richtung der Klosterruine und sah, mitten in einer noch erhaltenen Einfassung eines Fensterbogens, was nun allerdings ohne Fenster dort in der Ruine stand, ein bulliger kleiner Hund, der wieder kräftig bellte.

»Ist das nicht der Hund, den wir vor ein paar Tagen in der Troisdorfer Fußgängerzone gesehen haben? fragte Robert. »Die französische Dogge? «

Thekla blieb stehen. »Geht schon mal vor, wir kommen sofort nach«, meinte sie zu den anderen

Kollegen und zu Robert gewandt sagte sie, »lass das den Hund nicht hören. Das ist eine englische Bulldogge, sehr sensibel, auch wenn er wie eine Dampfmaschine aussieht«. Thekla wunderte sich, dass Sir Q, so meinte sie sich zu erinnern, alleine dort herumlief. Dann sah sie jedoch, als sie näherkam, die recht schmale Leine, an deren anderem Ende sich hinter der Mauer das Ehepaar befand, mit dem sie sich in Troisdorf so nett unterhalten hatte.

»Das ist aber ein Zufall«, meinte die Frau lachend zu Thekla, als sie ihr die Hand reichte. »Wollen Sie hier auch etwas abschalten und wandern?

Thekla schüttelte den Kopf: »Dienstlich sagte sie nur«.

Der Hund bellte immer weiter und zog an der Leine, in Richtung Wald.

»Was hat er denn? « fragte Thekla. »Ist da vielleicht ein Tier, das er gesehen hat? «

»Q ist normalerweise lammfromm und absolut
ruhig. Ihn kann nichts aus der Ruhe bringen. So kennen
wir ihn gar nicht. Der Hund zog mit seinen
fünfundvierzig Kilo Gewicht, immer kräftiger an der
Leine. Der Mann, der die Leine von seiner Frau
übernommen hatte, konnte ihn kaum festhalten und
musste nun schnellen Schrittes, dem Hund folgen. Auch
Thekla lief mit Robert hinterher, in die
entgegengesetzte Richtung der Kollegen. Am dichten
Laubwald angekommen, sahen sie, was Sir Q nahe
einem Waldweg so in Aufregung versetzte. An einer
hohen Eiche hing an einem langen dicken Hanfseil, die
Leiche eines Mannes. Augenblicklich rief Thekla mit
ihrem Handy die Kollegen um Hilfe. Danach
verständigte sie sofort einen Notarzt und die Kollegen
der Spurensicherung. Robert lief zu dem Ende des
Seils, das an einem der umstehenden Bäume geknotet
war und versuchte es gewaltsam zu lösen. Einer der
uniformierten Kollegen, die mittlerweile herbeigelaufen

kamen, holte ein Schweizer Messer aus der Hosentasche und schnitt das Seil durch. Langsam versuchten sie die Leiche vom hohen Ast herabzulassen.

»Die haben ihm anscheinend das Seil um den Hals gelegt, es über den Ast geworfen, an einem Auto befestigt, und es dann auf diese Weise hochgezogen«, mutmaßte Robert. Er hatte es noch nicht ausgesprochen, da hörten sie aus einer Entfernung von ungefähr zweihundert Metern einen Wagen mit durchdrehenden Reifen. Dieser fuhr vom Waldweg auf die Straße in Richtung Oberdollendorf davon. Lisa sah noch, dass es sich um einen dunklen PKW handelte. Ein Kennzeichen oder den Fahrzeugtyp zu erkennen, war jedoch unmöglich.

Die Polizisten der Königswinterer Wache lösten sofort über ihre beigeführten Handfunksprechgeräte eine Fahndung aus. Ob diese jedoch bei den minimalen

Angaben zum Erfolg führen würde, bezweifelten sie selbst.

»Nichts anrühren«, rief Thekla zu Lisa, die sich über die bereits am Boden liegende Leiche bückte und aus der Innentasche des Jacketts eine Brieftasche zückte. In gebückter Haltung verharrend, die Brieftasche aber bereits in der Hand haltend, schaute Lisa, Thekla fragend an. Diese musste bei dem Anblick schmunzeln und meinte: »Na gut, - wenn Du sie schon in der Hand hast«.

Robert zog aus seiner Gesäßtasche zwei Latexhandschuhe und nahm die Brieftasche entgegen. »Wo sind denn Deine Handschuhe? « fragte er Lisa.

»Du weißt doch, ich habe eine Latexallergie«, meinte diese.

»Und verhüten tust Du mit Kondomen aus Jute? « fragte er schmunzelnd. Er fand den Slogan aus den Achtzigern so toll, den die "Grünen" damals aufbrachten >Jute statt Plastik<. Sie spielten damals auf die Überflutung des Handels mit Plastiktüten an und prangerten dies scharf an. Robert hoffte schon seit langem, diesen Spruch einmal anbringen zu können und freute sich insgeheim darüber, dass ihm das jetzt gelungen war. Lisa errötete, gab aber kommentarlos die Brieftasche weiter. Als Robert den Inhalt durchsuchte, zog er kurze Zeit später einen Personalausweis heraus. »Aloisio, Baron von Abels«, las er laut vor.

»Wir waren zu spät«, stellte Thekla, mit resignierender Stimme fest.

Als die Spurensicherung am Tatort ankam, ging Thekla zu dem Ehepaar aus Wesseling, die mit Sir Q dort spazieren gegangen waren.

»Haben Sie im Vorfeld irgendeine besondere Beobachtung gemacht? Ist Ihnen vielleicht ein Fahrzeug auf diesem Feldweg hier aufgefallen? Haben Sie irgendwelche Leute hier gesehen? «

Die freundlichen Hundebesitzer schüttelten den
Kopf, als sie sagten: »Wenn Q nicht so aufgeregt
gewesen wäre und ständig hier hingeschaut hätte, wäre
uns das Unglück hier gar nicht aufgefallen«.

»Das war kein Unglück, - das war Mord«, meinte
Thekla.

»Das heißt, wenn wir früher hier gewesen wären,
hätten wir es vielleicht verhindern können? « fragte der
Mann erschrocken.

»Vielleicht hätte das Bellen des Hundes die Tat
verhindert? « meinte Thekla, die sich damit
beschäftigte, Sir Q innig zu streicheln. Q hatte Thekla
wiedererkannt und schmuste nun wieder heftig, wie vor
ein paar Tagen am Eissalon, um ihre Beine.

»Thekla, kommst Du mal bitte? « rief der Leiter der
Spurensicherung aus Siegburg. Als Thekla dann neben
der Leiche stand, erzählte er weiter: »Der Mann ist
"Post mortem" mit dem Seil hier hochgezogen worden.

Der Speichel im Mundraum weist bereits jetzt ohne mikroskopische Untersuchung darauf hin, dass Gift im Spiel war. Wisst Ihr, wie der Mann hier hingekommen ist? «

Thekla zeigte in die Richtung, in der der Mercedes stand. »Da hinten, etwa zweihundert Meter von hier am Waldrand, steht sein Auto«, meinte sie.

»Nichts berühren, meinte der Ermittler, der Wagen wird sichergestellt und in der Garage des Präsidiums von uns unter die Lupe genommen«.

Thekla nickte und gab die entsprechenden Anweisungen an die Kollegen der Königswinterer Wache weiter, die sich noch am Tatort befanden, während der Leiter der Spusi einen Abschleppwagen bestellte.

*

»Hier ist ein Paket per Bote für Dich gekommen«,
rief Sybille aus ihrem Büro, als Thekla am Nachmittag
über den Flur ging, »vom BKA-Meckenheim «.

»Ein Paket? « fragte Thekla und nahm das etwa
schuhkartongroße Päckchen an sich. "Persönlich zu
übergeben" stand in roter Schrift darauf. Thekla ging in
ihr Büro. »Oh, - jetzt schon da? « meinte sie erstaunt,
als sie nach dem Öffnen den Inhalt sah. Es waren die
BKA-Sonderausweise für jeden der Mitarbeiter aus
ihrem Team. Ebenfalls lagen fünf Smartphones, alle
bereits mit SIM-Karten versehen, in dem kleinen
Karton. Das beiliegende Schreiben gab näheren
Aufschluss.

"Sehr geehrte Frau Hauptkommissarin, beiliegend
erhalten Sie Ausweise, die Sie und Ihr Team als
Ermittler des BKA ausweisen. Gleichzeitig überlassen
wir Ihnen für jeden Ermittler und Ihr Büro, je ein
Smartphone, die jeweils eine spezielle Software unserer
Organisation enthält. Diese Geräte sind sowohl im

sprachlichen Bereich, als auch in der
Nachrichtensendung abhörsicher. Weiterhin sind
spezielle Tastenkombinationen für den Notfall angelegt.
Weiteres entnehmen Sie bitte der
Bedienungsanweisung".

»Was sind das denn für altmodische Geräte? « fragte
Robert, der aus der Tiefgarage kam und die Handys auf
Theklas Schreibtisch liegen sah.

»Das sind keine altmodischen Geräte, - das sind
unsere neuen Smartphones vom BKA. Alle mit
spezieller Software ausgestattet. Jedes hat bereits eine
neue SIM-Karte, aber da es Dual-Sim Geräte sind,
können wir unsere privaten Karten auch verwenden, -
so steht es jedenfalls hier«. Thekla blätterte bereits die
ersten Seiten der Bedienungsanleitung durch.

Die Kollegen der Spurensicherung riefen einige
Minuten später an und berichteten, sie hätten bereits
Spuren eines Pulvers im Innenraum des Fahrzeugs
gefunden. Es befand sich teilweise auf dem Fahrersitz,

dem Beifahrersitz und der Ablage des Armaturenbretts.
Es hatte den Anschein, als sei es Blütenstaub, der
während der Fahrt ins Innere geweht worden wäre, aber
nach gründlichen chemischen Analysen, stellte man
fest, dass es sich auch hier um das Kontaktgift "VX"
gehandelt hatte. »Nach den Fällen der letzten Tage
waren wir sensibilisiert auf dieses Gift. Deshalb führten
wir sofort eine Analyse dahingehend durch. Siehe da, -
wir hatten recht«.

»Da hattet Ihr sehr gut kombiniert. Was sagt die
Gerichtsmedizin? « fragte Thekla.

»Der Bericht ist gerade reingekommen und bestätigt
meine Aussage. Im Gesicht und an den
Handoberflächen konnte die Substanz nachgewiesen
werden. Da es sich bei "VX" tatsächlich um einen
hochtoxischen Stoff handelt, hatte bereits dieser
Kontakt gereicht, Atembeschwerden bis hin zum
Erstickungstod herbeizuführen«.

»Danke Kollegen, Ihr habt uns wie immer sehr geholfen und vor allem, vorbildlich schnell«.

*

Lisa und Robert waren mittlerweile auch eingetroffen und hatten von Roberts Lieblingsfrittenbude für jeden eine Currywurst mitgebracht. Sie hatten bei der Anfahrt zum Präsidium einen Schlenker über Kaldauen gemacht und bei "Fritten Paul" angehalten. Paul hatte vor einiger Zeit auch vegetarische Rollen in sein Speisenprogramm aufgenommen, die Lisa auch sehr gerne, mit der von Paul selbstgemachten Currysoße aß. Robert freute sich sehr über dieses Mitbringsel und so zogen sich alle in den Besprechungsraum zurück, da Theklas Büro sich nicht zur Kantine umfunktionieren ließ. Als Sybille hinzukam, um Thekla weitere Ergebnisse ihrer Recherchen mitzuteilen, wurde sie sofort aufgefordert sich auch eine Currywurst zu nehmen. Lisa hatte vorsorglich, sie kannte Roberts Vorliebe für diese Wurst, eine mehr mitgebracht.

»Klar«, Robert zeigte auf eine, noch geschlossene und mit Aluminium umwickelte Schale, »nimm Dir auch eine«.

Dankend nahm Sybille an. Nachdem sie gegessen hatte, meinte sie zu Thekla: »Wir haben gerade Bescheid wegen der richterlichen Anordnung zur Providerabfrage des Herrn Hartung bekommen. Leider ist sie abgelehnt worden, da das Handy des Oberstaatsanwalts speziellem Schutz unterlag. Außerdem wurden diese Gespräche nicht registriert, da er ganz offiziell eine spezielle Software installiert hatte«.

»Wie bei unseren neuen Handys«, nickte Thekla.

Alle waren nun mit Essen fertig, Sybille verließ den Raum und Thekla setzte Lisa und Robert davon in

Kenntnis, dass auch bei Herrn von Abels, "VX" eingesetzt wurde.

»Aber warum dann die Aktion mit dem Aufhängen? « fragte Peter Ludwig.

»Wahrscheinlich eine Verdeckungstat«, meinte Thekla, »es sollte wohl von dem "VX" ablenken«.

»Wie gehen wir nun am Besten vor? Drei Morde, alle in Verbindung mit diesem Kontaktgift und die einzige Spur des Zusammenhangs ist die, dass es sich um die Planung einer Wasserstoffversuchsanlage in der Eifel handelt und dass zwei der Toten entsprechende Weinberge besaßen«, meinte Robert.

»Wer hat Interesse daran, diesen Deal zu verhindern? Ist es eine Einzelperson, eine Organisation oder sogar ein ganzes Land, das ebenfalls eine solche Anlage plant oder geplant hat? « fragte Lisa.

»Wenn es sich um eine Regierungsorganisation handelt, werden wir den Fall an eine andere

Sonderabteilung des BKA abgeben müssen. Am besten wird sein, ich frage beim Hauptabteilungsleiter in Meckenheim nach, da diese BKA-Außenstelle für uns zuständig ist«, schlug Thekla vor.

»Wenn Du dort nachfragst, werden die vielleicht erst recht neugierig und nehmen uns den Fall ab, obwohl wir ihn unter Umständen alleine lösen können«, warf Robert ein.

»Okay, Du hast recht, - ich gebe uns noch zwei Tage. Wenn wir bis dahin keine heiße Spur haben, muss ich um Unterstützung der Kollegen zur Aufstockung der Sondereinheit bitten«, gab Thekla nach.

»Wir lassen uns doch nicht so einfach in die Suppe spucken. Leute, - die Gehirnzellen hochfahren und nachdenken. Das ist unser erster BKA-Fall, da wollen wir doch nicht gleich schlecht dastehen«.

Alle stimmten ein. »Also los«, meinte Thekla, »frisch gestärkt ans Werk«.

Jeder zog sich in sein Büro zurück, um nachzudenken und in verschiedene Richtungen zu recherchieren. Am späten Nachmittag wollte man sich wieder im Besprechungsraum treffen, um ein Resümee des Tages zu ziehen und weitere Ermittlungsrichtungen festzulegen.

*

Gegen fünfzehn Uhr rief Theklas Vater im Büro an. Thekla war sehr überrascht, da es schon damals ein ungeschriebenes Gesetz war, als ihr Vater bei der Bonner Mordkommission tätig war, niemals im Büro bei der Arbeit zu stören.

»Papa«, meldete sich Thekla aufgeregt, »ist irgendwas passiert? Ist was mit Dir oder Franziska? «

»Hallo Thekla, - nein, - es ist nichts passiert. Ich bin nur sehr in Sorge um Dich, denn ich habe aus alten Quellen bei den Bonner Kollegen erfahren, dass das Gerücht umgeht, im Kreis sei jemand mit dem im Krieg

entwickelten Kampfstoff "VX" unterwegs. Es sind
wohl schon zwei Menschen dadurch ums Leben
gekommen. Das ist ein Sauzeug, da bereits Hautkontakt
ausreicht, um den Tod herbeizuführen. Ich wollte Dich
nur inständig warnen und pass bitte gut auf Dich auf«.

»Danke Papa, es ist so lieb von Dir, dass Du Dir
Sorgen um mich machst aber wir haben alles im Griff.
Ja, - es ist richtig was Du sagst und nicht nur ein
Gerücht. Der Fall ist uns vom BKA übertragen worden.
Es sind nicht nur zwei Menschen sondern mittlerweile
schon vier getötet worden«.

»Um Himmels Willen, Thekla,- willst Du den Fall
nicht lieber an Spezialisten abgeben? «

»Papa«, meinte Thekla entrüstet, »wir sind
Spezialisten. Die haben mich nicht umsonst ausgewählt
und in die Sonderabteilung berufen. Wir ermitteln unter
Hochdruck«.

»Kind«, meinte Peter Sommer, »ich weiß, dass Du gut bist. Du bist ja schließlich meine Tochter, aber dennoch, folge nicht unbedingt dem, was auf der Polizeischule für Kriminalistik gelehrt wird. Es ist bei manchen Fällen ratsam auf sein Bauchgefühl zu hören. Folge Deinem Instinkt und Deinem Riecher. Nicht umsonst werden wir in manchen Kreisen "die Schnüffler" genannt und nicht umsonst werden mittlerweile Hunde eingesetzt, die Rauschgift, Geld und sogar Krankheiten "erschnüffeln" können«.

»Danke Paps«, meinte Thekla, die sich wunderte, dass ihr Vater sie "Kind" genannt hatte. Er schien wirklich Sorge um sie zu haben, »ich pass schon gut auf mich auf, schließlich möchte ich noch lange leben und David braucht mich ja auch noch. Du, - ich muss jetzt aber weiter machen, - okay?«

»Okay Thekla, - ich wollte nicht stören.«

»Alles in Ordnung Papa, Tschüss«, verabschiedete sich Thekla und beendete das Gespräch.

Was hatte ihr Vater gesagt? Ein anderer Name für Polizisten seien "Schnüffler"? Bei dem Gedanken fiel Theka der seltsame Traum ein, den sie letztens hatte. Da war doch der Clochard, der ihr ebenfalls den Hinweis auf ihre Nase gab. Fügte sich nun, was zusammengehörte? Sollte sie immer der Nase nach gehen und der Richtung gradlinig folgen oder sollte sie mehr auf ihren tatsächlichen Geruchssinn achten? Aber wieso? "VX" sollte doch angeblich geruchs- und geschmacksneutral sein. Je länger sie darüber nachdachte, umso mehr musste sie darüber nachdenken, wo sie ihre Nase bewusst oder unbewusst in diesem Fall eingesetzt hatte. Sie ging in den Besprechungsraum, in dem noch kein anderer war und skizzierte auf dem Whiteboard die Zusammenhänge der Fälle. Wo war ihre Nase im Spiel gewesen? Thekla bat die Kollegen des Teams kurzfristig darum, in den Besprechungsraum zu kommen. »Mir ist da etwas in den Kopf gekommen«, sagte sie, als alle an dem ovalen

Tisch saßen, »haltet mich jetzt nicht für verrückt aber
sagt mir bitte, an welche Düfte Ihr Euch erinnern könnt,
seitdem wir diesen Fall bearbeiten?«

»Also, mir ist aufgefallen«, fing Lisa an
aufzuzählen, »der frische Duft des Rasierwassers von
Herrn Louis Krüger in der Fußgängerzone in Troisdorf
und der feine Feigengeruch seiner E-Zigarette. Weiter
der feinwürzige Tabakgeruch in dem Laden, in dem das
Feigenliquid gekauft wurde und ebenfalls das herrliche
Eau de Toilette des Ladeninhabers«. Lisa schaute zu
Peter.

»Mir ist eigentlich kein Duft aufgefallen«, meinte
dieser, »bis auf den Geruch von frischer Luft im Wald,
in dem wir heute Morgen waren, als wir die Leiche
gefunden haben«.

Robert meinte: »Ich habe noch den stickigen Geruch
in der Wohnung der Frau Chaminski in der Nase, der
bei ihr in der Wohnung war. Ach ja,- da war doch auch
in dem Hotelzimmer, in dem Herr Krüger eingecheckt

41

hatte, so ein feiner Geruch, den ich nicht einschätzen konnte«.

»Richtig«, meinte Thekla, »ein feiner Geruch, den ich auch nicht einzuschätzen wusste, bis ich in der Wohnung von Frau Pia Kleimert war. Diese hatte doch das teure Parfüm von...«, sie blickte zu Lisa.

»"Premier Figuier" von Olivia Giacobetti«, sagte diese sofort«.

Thekla fuhr fort: »und genau dieses Parfüm war noch trotz Lüften durch das Housekeeping im Raum des Hotelzimmers«.

»Kein Wunder«, meinte Robert fast lüstern, »die war ja auch die ganze Nacht bei dem Mann zum, na ja, Vögeln«.

Lisa kicherte, aber von Thekla kam ein böser Blick.

»Sonst ist Euch nichts aufgefallen, was mit Euren Nasen zu tun haben könnte? « fragte Thekla.

Alle schauten verwundert und irritiert auf ihre eigene Nasenspitze. Zwar musste Thekla innerlich lachen, als sie die schielenden Augenpaare sah, stand jedoch von ihrem Platz auf und meinte: »Danke Euch für das kurze Feedback, aber ihr könnt wieder in Eure Büros gehen«. Als auch Thekla wieder an ihrem Schreibtisch saß und sie erneut fast sequenzweise, die drei Morde in Gedanken durchging, kam Sybille erneut ins Büro.

»Entschuldige bitte, ich will ja wirklich nicht stören, aber hier ist gerade eine Mail von der Stadtverwaltung Königswinter eingegangen. Da ist ein Bild von Dir und Robert in Deinem Wagen angehangen. Angebliche Geschwindigkeitsüberschreitung. In einer Dreißigerzone sollt Ihr mit Zweiundsechzig geblitzt worden sein«.

Thekla stand auf und ging mit Sybille in deren Büro

»Das kann doch gar nicht sein«, dachte sie, »wann soll denn das gewesen sein«.

Auf dem Bild waren eindeutig sie und Robert zu erkennen. Es schien so, als würde Thekla mit Robert reden. Sie schaute auf das Datum und staunte nicht schlecht.

»Das ist ja von heute Morgen«, sagte sie laut. »Wie kann dass denn jetzt schon…? « Thekla griff zum Telefonhörer und wählte die angegebene Nummer.

»Stadtverwaltung Königswinter, Ordnungsamt, Merheim am Apparat«, meldete sich eine männliche Stimme.

»Kriminalpolizei Siegburg, Thekla Sommer hier, - ich habe da mal eine Frage. Wir sind heute Morgen im Rahmen einer Einsatzfahrt mit einem Privatwagen in Königswinter-Oberdollendorf auf der Heisterbacherstraße mit überhöhter Geschwindigkeit, geblitzt worden. Nun bereits, keine fünf Stunden später, haben wir eine Mail erhalten, in der wir auf diese Ordnungswidrigkeit hingewiesen werden mit Foto. Wie kann es sein, dass das so schnell bearbeitet wurde? «

»Frau Sommer? - hatte ich den Namen richtig verstanden? «

»Ja, - Hauptkommissarin Thekla Sommer« meinte Thekla, jetzt etwas unwirsch.

»Frau Sommer, wir, die Stadt Königswinter testen genau an dieser Stelle ein neues Verkehrsüberwachungssystem. Die Messstelle steht an diesem Ort bereits mehrere Jahre. Seit kurzem allerdings ist diese Stelle als Pilotprojekt digitalisiert worden. Das heisst, sobald eine Geschwindigkeitsüberschreitung festgestellt wurde, werden die Daten mitsamt der Aufnahme des Fahrzeugs digital an den Computer übermittelt und ebenfalls digital werden der Fahrzeughalter und die hinterlegte Email Adresse abgefragt. Anhand der digital festgestellten Geschwindigkeit, wird ein Bußgeld berechnet und dem Fahrzeughalter innerhalb kurzer Zeit übermittelt. Wie Ihr Anruf beweist, arbeitet das System perfekt und erspart uns viele verwalterische

Tätigkeiten. Die Toleranzschwelle von Nacharbeiten durch unseren Innendienst, wurde noch nie erreicht«, meinte der Sachbearbeiter, wobei man sein Grinsen im Gesicht regelrecht sehen konnte.

»So etwas ist tatsächlich schon möglich? « fragte Thekla überrascht. »Also, wir geben die Geschwindigkeitsüberschreitung zu, aber wir befanden uns in einer lebensbedrohenden Einsatzfahrt«.

»Ohne Blaulicht? Und mit einem Privatwagen? « fragte Herr Merheim.

»Hören Sie mal«, Thekla fuhr fast aus der Haut und erhob nun ihre Stimme etwas, so dass Robert dies in seinem Büro hörte und herbeieilte, »wir sind von einer Sondereinheit und arbeiten beim Polizeipräsidium Siegburg. Wo können wir gegen dieses Bußgeld Beschwerde einlegen? «

Der Mann am anderen Ende der Leitung schien ein Blatt zu suchen, welches er dann vorlas: »Widersprüche an folgende Stelle«, er nannte die Adresse, meinte aber, »allerdings wird bei Überschreitung in diesem Ausmaß sicherlich ein Fahrverbot fällig. Wer war denn Fahrer zu diesem Zeitpunkt? « versuchte der Mann nun völlig unrechtmäßig, Informationen zum Geschehen zu bekommen.

Thekla meinte, immer noch innerlich ungehalten: »Sie werden von unserer Dienststelle hören. Auf Wiederhören« Sie prustete kräftig durch und legte auf.

Auf dem Flur waren mittlerweile auch Lisa und Peter erschienen, da sie den ungewöhnlichen Ton Theklas Stimme nicht kannten. Erstaunt fragten sie, was los sei?

Thekla schilderte immer noch sichtlich erregt den Vorfall. Jeder fragte sich, wie das denn technisch realisierbar sei und es kam ebenfalls ein Gespräch in Gang, dass doch Polizei, Feuerwehr und Krankenwagen im Falle von Sonderrechten davon ausgenommen sei.

Es fiel auf, dass lediglich Lisa etwas abseits stand und zu grübeln schien.

»Lisa, - ist irgendwas? « fragte Thekla.

»Ich frage mich gerade, ob der Wagen, der den Waldweg so schnell verlassen hatte und mit quietschenden Reifen auf die Heisterbacher Straße in Fahrtrichtung Oberdollendorf fuhr, möglicherweise auch an der Blitzanlage aufgenommen wurde? «

Thekla umarmte Lisa mit den Worten: »Du bist ein Schatz und mit Geld nicht zu bezahlen«. Sie eilte zurück in Sybilles Büro und drückte die Taste der Wahlwiederholung. »Stadtverwaltung Königswinter, Ordnungsamt, Merheim am Apparat«, meldete sich der Sachbearbeiter erneut. »Hallo, hier ist noch einmal Hauptkommissarin Sommer, ich habe da noch eine Frage, haben Sie Zugriff auf Bilder und Daten der Fahrzeuge, die mit der digitalisierten Messanlage gemacht wurden? «

»Selbstverständlich«.

»Können Sie uns alle Bilder, die heute gemacht wurden per Mailanhang zu Verfügung stellen? «

»Frau Sommer«, meinte Herr Merheim, »wir unterliegen hohen Ansprüchen des Datenschutzes. Das müssen Sie doch eigentlich wissen. Ohne richterliche Anordnung geht da gar nichts. Liegt der Beschluss vor? «

»Nein, dass nicht, aber es geht hier um eine Ermittlung wegen mehrfachen Mordes. Für eine richterliche Anordnung fehlt uns im Moment die Zeit. Wir haben jetzt sechzehn Uhr fünfzehn und Sie schließen sicherlich bald Ihr Amt? Oder? «

»Um siebzehn Uhr, das ist korrekt«, kam als Antwort.

»Okay, danke für Ihre Hilfe«, meinte Thekla, die sehr sauer geworden war. Sofort sagte sie zu Robert: »Fahr bitte sofort hier in Siegburg zum Gericht zum

"Richter vom Dienst" und beschaffe uns diese Anordnung. Ich fahre zum Ordnungsamt nach Königswinter und gehe zu dem Sachbearbeiter und gehe so lange nicht weg, bis Du mit dem Beschluss dort angekommen bist. Beeil Dich bitte«.

Robert nickte und lief in die Tiefgarage zu einem Streifenwagen, dessen Schlüssel er sich in der Wache, die sich ebenfalls im Haus befand geholt hatte. Er hatte vor, die Fahrt mit Blaulicht anzutreten. Thekla bat Lisa, sie schnellstmöglich nach Königswinter zu fahren, da ihr das Armgelenk schmerzte und sie es nicht wagen wollte, bei dem herrschenden Zeitdruck, den Arm zu sehr zu belasten. Lisa stimmte zu und so musste der Twingo erneut seine Standfestigkeit beweisen und unter hoher Geschwindigkeit fahren. Die fest installierte Radaranlage auf der A59, hinter dem Autobahnkreuz Sankt Augustin in Fahrtrichtung Königswinter, löste aus, als der Twingo mit Tempo einhundertfünfunddreißig an ihr vorbeifuhr. Thekla sah das rote Licht aufleuchten und meinte zu Lisa: »Nicht schon wieder. Ich kann bald ein ganzes Zimmer mit diesen Bildern tapezieren«.

»Du bist doch immer im Einsatz«, meinte Lisa, »da musst Du doch sicherlich keine Strafe zahlen? «

»Das wäre ja noch schöner. Nein, da gibt es selbstverständlich Ausnahmeregelungen«, meinte Thekla schmunzelnd.

*

»Sie können gerne schon mal die entsprechende Datei mit den Aufnahmen von heute suchen und öffnen«, meinte Thekla, die nach einmaligem Klopfen sofort die Türe zu der Bußgeldstelle im Ordnungsamt Königswinter geöffnet hatte.

Erschrocken drehte sich der Sachbearbeiter um, der bereits seinen PC ausgeschaltet hatte.

»Wir haben bereits Feierabend«, meinte er.

Thekla schaute auf die Uhr, die in dem Büro hing und meinte grinsend: »Es sind sechzehn Uhr sechsundfünfzig. Machen Sie bitte den Computer wieder an«. Sie hielt ihren neuen Dienstausweis, der sie als BKA-Beamtin auswies, hoch.

Heftig durch die Nase atmend, schaltete Herr Merheim den Computer wieder an. »Haben wir eben telefoniert? « fragte er. »Haben Sie die richterliche Anordnung? «

»Mein Kollege muss jeden Moment hier eintreffen. Er hat die Anordnung dabei«. Thekla hoffte, dass Robert wirklich einen Richter angetroffen hatte und auf dem Weg zu ihr war. Mittlerweile war es siebzehn Uhr drei. Herr Merheim schaute demonstrativ auf die Uhr und trommelte ebenso demonstrativ mit den Fingern auf seinen Schreibtisch. Dann hörte man, wie sich ein Wagen mit eingeschaltetem Martinshorn näherte.

»Das wird er sein«, meinte Thekla, die sichtlich erleichtert schien.

Vor dem Haus wurden das Blaulicht und Martinshorn ausgeschaltet. Robert kam ins Büro der Bußgeldstelle und übergab das ersehnte Schriftstück.

»So«, meinte Thekla, »wir hätten gerne alle Aufnahmen vom heutigen Tag gesehen, die an der Messstelle "Heisterbacher Straße" aufgenommen wurden«.

Nach kurzer Sichtung meinte Robert: »Schaut mal, dass muss er sein«.

»Richtig«, meinte Thekla, dass ist der einzige dunkle PKW im betreffenden Zeitfenster« und notierte das Kennzeichen. »Können Sie den Fahrer etwas näher heranzoomen? fragte Robert.

Genervt auf Robert und dann auf die Bürouhr schauend, drehte der Sachbearbeiter am Rädchen der Maus, die unter seiner Hand versteckt schien.

»Ein asiatisches Gesicht mit schwarzen Haaren«,
rief Lisa, die sich bis jetzt im Hintergrund gehalten
hatte.

»Können Sie von hier eine Halterabfrage machen? «
fragte Thekla.

»Die ist doch schon lange digitalisiert erfolgt. Auch
der Verwarnungsgeldbescheid ist schon raus. Sie
wissen doch aus eigener Erfahrung, wie schnell das bei
uns geht«. Herr Merheim lachte, woraufhin Robert der
Kragen platzte. »Guter Mann, wenn Sie nicht etwas
loyaler sind, werden Sie von mir persönlich eine
Dienstaufsichtsbeschwerde wegen unterlassener
Hilfeleistung nach Auskunftsersuchen in einem
Ermittlungsverfahren bekommen.

Nun zog Herr Merheim den Kopf ein. Das hatte
gesessen. Er schaute nicht mehr auf die Uhr sondern
blätterte auf dem Bildschirm auf die nächste Seite.
»Der Wagen ist zugelassen auf eine Autovermietung in
Siegburg«, sagte er.

54

Thekla notierte sich den Namen und die Telefonnummer der Autovermietung und rief sofort dort an. Dort erfuhr sie, dass ein gültiges Ausweisdokument und ein internationaler Führerschein vorgelegt wurde. Beides wurde fotokopiert und in die Vermietungsakte gelegt. Der Wagen wurde allerdings vor knapp einer Stunde zurückgebracht und geht morgen früh in die interne Fahrzeugsäuberung, damit eine Weitervermietung erfolgen könne. Das vom Ordnungsamt Königswinter digital übermittelte Verwarnungsgeld, wegen überhöhter Geschwindigkeit, hätte der Fahrzeugführer anstandslos in bar bezahlt und das würde morgen an die entsprechende Stelle überwiesen.

»Stopp«, sagte Thekla, »wir ermitteln hier in einem Kapitalverbrechen. Der Wagen ist hiermit polizeilich beschlagnahmt. Keiner darf nunmehr den Wagen anfassen. Er wird heute noch abgeschleppt und polizeitechnisch auf Spuren untersucht«.

»Ist in Ordnung«, meinte der freundliche Herr am anderen Ende der Leitung, bevor das Gespräch beendet wurde.

Thekla ließ sich nun noch das Bild des Fahrzeugführers ausdrucken und vergrößern. »Unsere heiße Spur«, sagte sie, als sie das Foto einsteckte und mit den Kollegen das Büro verließ. »Dankeschön Herr Merheim«, rief sie über die Schulter hinweg. Mittlerweile war es siebzehn Uhr vierzig.

*

Peter Ludwig meldete sich telefonisch bei Thekla, als diese mit Robert und Lisa wieder im Präsidium eintraf. Er war von Thekla, die sich auf der Rückfahrt mit Lisa befand, gebeten worden, mit zwei Kollegen der Polizeiwache bei der ermittelten Adresse, die bei der Autovermietung hinterlegt worden war, vorbeizufahren und den Mann, dessen Name mit "Tai Jong" hinterlegt war, vorläufig wegen Mordverdachts festzunehmen. Peter teilte mit, dass unter der angegebenen Adresse niemand wohnt. »Es handelt sich hier um eine alte verbarrikadierte Lagerhalle«, sagte er.

»Okay, dann komm zurück. Wir lassen das Bild an alle Streifenwagen im Kreis herausgeben und schreiben den Mann zur Fahndung aus«, meinte Thekla. Sie ging in Sybilles Büro, um das Nötige zu veranlassen. Sybille telefonierte gerade, nahm aber den Hörer herunter und hielt die Telefonmuschel mit der Hand zu.

»Thekla«, sagte sie leise, »ich habe hier Frau Krüger am Telefon, die Witwe von Louis Krüger, sie fragt, ob die Leiche freigegeben wurde und sie ihn in die Schweiz überführen lassen könne? «

»Und? «, fragte Thekla, »ist die Leiche freigegeben? Fragte Thekla.

»Eben kam die Freigabe per Mail von den Kollegen der Rechtsmedizin«, antwortete Sybille.

Thekla nickte und sagte: »Von mir aus kann sie den Leichnam überführen lassen«, und kümmerte sich dann weiter um die Fahndung nach dem Flüchtigen.

»Sie wird morgen Nachmittag von der Schweiz hier einfliegen und den Sarg dann mit nach Hause nehmen. Er soll in seiner Heimat beigesetzt werden«, sagte Sybille, als das Telefonat beendet war. »Wie kann ich Dir jetzt helfen? «

Thekla erklärte kurz den Sachverhalt und Sybille übernahm die Einleitung der Fahndung, nachdem Thekla das Büro verlassen hatte, um das weitere Vorgehen mit den Kollegen im Besprechungsraum fortzusetzen.

»Sagt mal, kann es nicht sein, dass der chinesische Klavierschüler von Frau Chaminski und der jetzt gesuchte asiatische Flüchtige, ein und dieselbe Person sind? « fragte Peter Ludwig in die Runde, der am Besprechungstisch sitzenden Kollegen.

»Darüber habe ich auch schon nachgedacht«, meinte Robert, »aber was macht so ein raffinierter Mörder mehrerer Menschen, ausgerechnet bei einer alten Frau, die eine Meisterin in etwas so Grazilem ist, wie dem Klavierspielen? «

»Die asiatische Philosophie beruht darauf, dass sich gegensätzliches zu einer Einheit verbindet. Siehe zum Beispiel "Yin und Yang". Dieses Zeichen symbolisiert zwei unterschiedliche Kräfte, die sich nicht bekämpfen, sondern ergänzen«, erklärte Thekla, die das entsprechende Symbol an das Whiteboard zeichnete.

»Du meinst, "in der Ruhe liegt die Kraft"? « fragte Peter.

»Das könnte der richtige Ansatz sein«, fügte nun Lisa hinzu, »in der Stille und Konzentration auf den perfekten Klang des Klaviers, zieht er sich die Kraft und Perfektion, seine Anschläge vorzubereiten. Wir haben doch irgendwo die Aufzeichnungen der Handynummer, die uns Frau Chaminski aus ihrem

Terminkalender vorgelesen hatte. Mir kommt da eine Idee, wie ich den Mann überlisten und zu einem Treffen bringen könnte«.

»Hier«, sagte Robert nach einer Weile, »ich habe die Nummer notiert, als Thekla und ich bei der Frau waren. Ein gewisser "Lee Sun"«. Er las die Nummer aus seinem Notizblock vor.

Lisa wählte nun nicht den Festnetzanschluss des Polizeipräsidiums, sondern ihr Smartphone, an dem sie die Mithörfunktion einschaltete.

»Hallo? « meldete sich eine männliche Stimme.

»Ja, hallo, - hier ist Lisa, erinnerst Du Dich an mich? Wir hatten uns vor etwa drei Monaten kennengelernt «.

»Wer? Lisa? Kenn ich nicht« antwortete der Mann mit starkem chinesischem Akzent.

»Doch, Du hattest mir Deine Handynummer gegeben. Wir hatten einen One-Night-Stand. Ich bin schwanger und Du wirst Vater«.

Am anderen Ende der Leitung war zuerst Stille, dann beendete er die Verbindung, indem er auflegte.

»Wie? Du bist schwanger? Davon wissen wir ja gar nichts«, fragte Robert ganz erstaunt und vollen Ernstes.

Thekla lachte, als sie sagte: »Robert, - das war nur ein Trick«.

Robert atmete erleichtert tief durch. »Und ich dachte, ich müsse mich demnächst schon wieder auf eine neue Hexe im Team einstellen. Diesmal bekam er von links, wo Thekla saß und von rechts, wo Lisa saß, gleichzeitig eine gegen den Hinterkopf. Da er jedoch mit der Reaktion gerechnet hatte, hatte er den Kopf schnell zwischen den Schultern eingezogen.

*

Sie saßen am Marktplatz in Siegburg auf den Stühlen der Eisdiele nahe der Siegessäule. Hier hielt sich David sehr gerne auf. Es war seine Geburtsstadt, die seiner Mutter und die seines Opas. Nachdem David mit seiner Freundin Jana den Spezialbecher des Eissalons, für den diese Eisdiele in ganz Siegburg bekannt war, geleert hatte und er sich noch einen Kaffee Latte und Jana einen Kakao bestellt hatte, meinte David nachdenklich:

»Also Mausi, mir geht schon seit einigen Tagen etwas durch den Kopf«.

Jana stützte ihren Kopf auf die Faust des Armes, den sie mit dem linken Ellenbogen auf dem Tisch, vor dem sie saß abstützte. Sie schaute blinzelnd, da die Sonne sie blendete und sie ihre Sonnenbrille vergessen hatte, in Davids Augen. »Was denn, mein Schatz? « fragte sie interessiert.

»Mein Opa Peter war Bulle bei der Kripo in Bonn, meine Mutter ist Bulle bei der Kripo in Siegburg, - ich frage mich, was dagegensprechen würde, wenn auch ich in den Kriminaldienst einsteigen würde? «

»Du willst ernsthaft auch zu denen gehören, die ständig mit einer Waffe am Körper durch die Gegend laufen und nach Verbrechern Ausschau halten?« fragte Jana entsetzt.

»Na ja«, meinte David, »die Hauptaufgabe besteht ja wohl darin, Verbrechen mit Köpfchen zu analysieren und so Spuren nachzugehen und Taten aufzuklären. Was Du meinst, sind die Leute, die hier mit den Streifenwagen durch die Gegend fahren und zu Banküberfällen gerufen werden oder Exhibitionisten verfolgen müssen, um diese zu verhaften«.

»Also hör mal«, meinte Jana, nun aufrecht sitzend, mit besorgter Stimme, »ich weiß nicht, ob ich den ganzen Tag Ruhe hätte, wenn ich wüsste, dass Du in diesem gefährlichen Beruf unterwegs wärst«.

»Wieso gefährlich?« fragte David, »nur weil ein Tod eines Polizisten in der Presse eine reißerische Wirkung hat und dies bis ins Kleinste ausgeschlachtet wird, ist der Beruf doch nicht gleich gefährlich. Schau

mal die ganzen Berufskraftfahrer, die täglich auf
deutschen Straßen in Unfälle verwickelt sind und ums
Leben kommen oder die Krankenschwestern, die sich
im Krankenhaus mit irgendeiner Krankheit anstecken
und oft nach langem Leidensweg daran versterben.
Darüber berichten die Medien nicht oder nicht so
ausführlich. Warum? – weil es nicht so medienwirksam
ist. Wenn man den Prozentsatz der Polizisten, bezogen
auf alle deutschen Polizisten, die jährlich ums Leben
kommen, mit dem Prozentsatz der Berufskraftfahrer
oder den Krankenschwestern, in Relation setzten
würde, würde bestimmt herauskommen, dass eine
gewisse Deckungsgleichheit besteht«.

»Da magst Du Recht haben«, überlegte Jana laut,
»aber dann will ich das auch machen. Ich will
schließlich gleich sein mit Dir und dann auch mit Dir
Dienst machen«, sprach sie und zog dabei im Scherz
eine Schweineschnute, womit sie einen Kuss
einforderte.

»Das könnte schwierig werden«, meinte David.

»Wieso? « fragte Jana, »ich mache im gleichen Jahr Abitur, wie Du und behaupte jetzt nicht, Du seist schlauer als ich. Ich erinnere Dich ungern an Deine Mathe- oder Lateinnote«.

»Weil eine der Mindestvoraussetzungen zur Einstellung bei der Kriminalpolizei, zumindest bei den Beamten des BKA, eine Körpergröße von einhundertsechzig Zentimeter ist«, foppte David.

Jana deute einen Schlag gegen Davids Schulter an. »Wenn ich Dir zu klein bin, - dann geh doch«, sagte sie schnippisch aber scherzhaft.

»Aber Du kannst Glück haben«, meinte David grinsend«, diese Einschränkung wird im Jahre 2021, kurz bevor wir unser Abi machen, aufgehoben. Dann wird nicht mehr auf die Körpergröße geachtet«, beruhigte er nun Janas Gemüt.

*

Thekla versuchte an dem im Besprechungsraum hängenden Whiteboard mit Hilfe von Verbindungslinien und unter Mithilfe aller im Raum befindlichen Kollegen, ein gewisses Schwerpunktmuster der weiteren Vorgehensweise zu erarbeiten. Die meisten Linien kreuzten sich im Bereich Troisdorf. Hier, in dem der erste Mord geschah, würden sie vermehrt recherchieren müssen. Sie analysierte und konzipierte das weitere Vorgehen: »Es ist sinnvoll, wenn wir zunächst das Foto, das wir aus der Radarstation in Oberdollendorf haben und das von Sybille gerade an alle im Kreis befindlichen Einsatzfahrzeuge digital gesendet wird, bei den bisher ermittelten Hinweisgebern, vorzeigen. Lisa, - fahr Du bitte morgen früh bei dem Ladeninhaber des Tabakwarenladens vorbei und frag nach, ob er diesen Mann schon einmal gesehen hat. Danach fragst Du in dem Hotel, in dem Herr Krüger gewohnt hat, ob die Leute dort diesen Mann kennen. Das halte ich zwar für

sehr unwahrscheinlich, da Herr Krüger dort wohnte,
aber vielleicht kann sich jemand erinnern, den Mann
sonst irgendwo gesehen zu haben. Anschließend kannst
Du versuchen, ob Du Frau Kleimert antriffst, die das
Liquid an der Rezeption abgegeben hat. Peter, - Du
fährst bitte nach Remagen und zeigst das Bild dem
Verkäufer des Eissalons und dem Inhaber des
Restaurants, der einen asiatischen Mann am Tisch des
Oberstaatsanwalts gesehen hat. Wenn Du dann schon
mal in der Gegend bist, kannst Du einige Kilometer
weiter nach Lohrsdorf fahren. Dort, wo in den
Weinbergen, deren Berggipfel die "Landskrone"
genannt wird, die Familie des Herrn von Abels wohnt,
zeigst Du bitte auch dort das Bild. Vielleicht haben wir
Glück und Frau Abels oder ihre Tochter kennen den
Mann irgendwoher. Robert und ich werden
recherchieren, ob die Namen der Zeugen, die sich bei
den Kollegen in Bad Neuenahr gemeldet haben und am
dortigen Ort des "Wohnmobilbrandes" den angeblich

asiatisch aussehenden Mann in dem Wagen gesehen hatten, der die Brandstelle verließ, notiert wurden. Vielleicht ist dieser Mann unser mutmaßlicher Täter? Anschließend fahren wir zu Frau Chaminski nach Oberlar. Schließlich hatte sie die Telefonnummer ihres "Schülers" und dessen Namen«.

Alle nickten, nachdem sie sich auf ihren Notizblöcken stichpunktartig, die Vorgehensweise für den nächsten Tag notiert hatten.

»Also dann«, Thekla erhob sich von ihrem Stuhl, »einen schönen Abend und erholt Euch gut. Morgen wird wieder ein anstrengender Tag«.

*

Als der lindgrüne Twingo mit Thekla und Robert vor dem Haus, in dem die Beiden wohnten anhielt, warteten David und Jana vor der Türe.

»Hallo Ihr zwei, wartet Ihr schon lange? «, fragte Thekla.

»Nein, nein«, meinte Jana, »wir sind eben erst gekommen. Wir waren in Siegburg Eis essen und eigentlich auf dem Heimweg aber David wollte noch kurz mit Euch sprechen. Er hat da so eine Idee«.

»Worum geht's denn? « fragte Thekla, als sie die Türe aufschloss«.

»Ach eigentlich wollte ich nur Eure Meinung hören«, meinte David nachdem nun alle im Inneren des Hauses angekommen waren, »ich habe mir überlegt, da Opa und Du eine Karriere bei der Kripo hingelegt habt, ob ich es Euch nicht gleich tun sollte und ebenfalls die Kriminalpolizei als Arbeitgeber anstreben sollte? Obwohl, - ich bin mir nicht sicher, ob ich auch zur Mordkommission will«.

Robert meinte: »David, der Gedanke zur Kripo zu gehen ist bestimmt ein guter Gedanke und das mit der Mordkommission haben wir deshalb gewählt, weil es uns sehr nahe liegt, Tathintergründe zu ermitteln und den oder die Täter zur Strecke zu bringen. Eines aber solltest Du wissen, in der Mordkommission ist es nicht leicht denn, "Der Tod ist eine Hure", - man bezahlt immer mit dem Leben, und in erloschenen fremden Leben ermitteln zu müssen und so manches Unschöne aufzudecken, ist nicht immer leicht zu verkraften«.

Thekla schaltete sich nun in das Gespräch ein.

»Robert hat Recht. Der Gedanke, eine Karriere im Polizeidienst anzustreben ist mit Sicherheit gut, was Robert sicherlich meint, ist dass die Richtung, die man einschlägt, allerdings gut überlegt sein sollte. Nur, - seid uns bitte nicht böse aber wir arbeiten an einem schwierigen Mordfall und sind jetzt ziemlich müde. Können wir uns ein anderes Mal unterhalten? «

»Klar, natürlich«, meinte David und nahm Jana an die Hand, um wieder Richtung Türe zu gehen.

»Seid bitte nicht sauer«, meinte Robert, »es ist im Moment wirklich viel zu tun«.

»Kein Problem«, meinte Jana, die schon in der Haustüre stand, »wir reden ein anderes Mal darüber, schließlich machen wir ja erst übernächstes Jahr unser Abi«.

Am Motorroller angekommen sagte David etwas deprimiert zu Jana, »So kenn ich das bereits seit vielen Jahren. In dem Job ist nicht viel mit Privatleben, jedenfalls nicht, wenn man ihn so ernst nimmt, wie meine Mutter«.

»Aber auch nur so kann man das erreichen, was Deine Mutter bis jetzt erreicht hat«, beschwichtigte Jana.

*

Während Thekla duschen war, bereitete Robert etwas zum Abendessen vor. Thekla liebte die Zubereitung seiner Rühreier. Er quirlte vier Eier, gab einen Schluck Milch, etwas Salz, zwei Prisen groben schwarzen Pfeffer und eine Messerspitze Brühepulver dazu und quirlte dies nochmals durch. Dann viertelte er zwei Tomaten und schnitt ein Päckchen Schafskäse in kleine Vierecke. Nachdem das Rührei in der Pfanne zur Hälfte fertig gebraten war, gab er Tomaten und Schafskäse dazu, um es ein wenig mitzubraten und dem Rührei den besonderen Geschmack zu geben. Alles servierte er auf zwei Tellern mit frisch geröstetem Toastbrot. Dazu goss er Thekla einen leicht gekühlten Riesling ein.

»Perfektes Timing«, meinte Robert, als Thekla in ihrem Seidenmorgenmantel die Treppe runterkam. »Warum nur ein Glas für mich, möchtest Du keinen Wein? « fragte sie.

Robert setzte sich neben Thekla und streichelte ihr von der Schulter aus über den Arm bis zu der Hand, die sie neben den Teller gelegt hatte, um das Besteck zu greifen.

»Liebste«, begann Robert, »ich habe mich bereits vor einer Woche mit meinen Jungs aus der alten Clique für heute verabredet. Wir wollten ein paar Bier zusammen trinken und über alte Zeiten sprechen«.

»Ihr wollt bestimmt über Eure Frauen ablästern«, meinte Thekla belustigt.

»Wir sind gerade an einem wichtigen Fall und ich werde auch nur zwei oder drei Bier trinken«, meinte Robert.

»Ich mache Dir doch keine Vorschriften, wieviel Du trinken darfst«, entrüstete sich Thekla, »natürlich fährst Du jetzt zu Deinen Jungs. Nimm aber bitte ein Taxi. Ich lege mir gleich eine LP von Stephan Sulke auf und genieße noch ein Glas Wein«.

Robert hatte zwar gehofft, dass Thekla so reagieren würde, gewusst hatte er es aber nicht.

*

Thekla wurde durch ein Geräusch geweckt. Sie lag bäuchlings im Bett und öffnete nur ein Auge, um auf die digitalen Leuchtziffern des Radioweckers zu schauen. Es war ein Uhr dreißig. »Zwei oder Drei Bier«, dachte sie nur, bevor sie sich auf die Seite legte und weiterschlief.

*

Die Besprechung am nächsten Morgen im Polizeipräsidium verlief ziemlich zügig. Da es über Nacht keine neuen Hinweise gegeben hatte, machte sich jeder an die am Vorabend eingeteilten Aufgaben. Sybille bekam noch die Aufgabe in jede Richtung, die ihr einfiel und die noch nicht berücksichtigt wurde, im Internet zu recherchieren, auch ohne es vorher abgesprochen zu haben.

»Ich schalte meistens meinen eigenen Kopf ein«, meinte Sybille etwas amüsiert.

»Aber das wissen wir doch alle«, sagte Thekla lächelnd, »Du hast schließlich eine langjährige Tätigkeit und unverzichtbare Erfahrung in diesem Bereich«.

Alle fuhren nun zu ihren Ermittlungen.

Lisa war schnell am Ort, der ihr zugetragenen Ermittlung. Sie hatte den Weg über Siegburg-Wolsdorf und Siegburg-Brückberg gewählt. Sie fuhr über die Aggerbrücke, die den Siegburger und den Troisdorfer Bereich trennt und war nach weiteren zwei Kilometern Fahrt über die B8 an der Troisdorfer Fußgängerzone angelangt. Diesmal parkte sie ihren Wagen auf dem Parkplatz, der auf der rechten Seite der Fußgängerzone gegenüber der Burg Wissem angelegt wurde. Von hier aus waren es keine achtzig Meter bis zu dem Tabakladen. Lisa freute sich, den Mann wiederzusehen, mit dem sie so gerne ein Date hätte. Heute jedoch hatte sie keine Zeit. Die Ermittlungen im aktuellen Fall hatten oberste Priorität.

»Guten Morgen«, rief Lisa in den Tabakladen, als sie eingetreten war. Der Ladeninhaber kam aus dem hinteren Bereich des Ladens, wo er einen Teil abgetrennt hatte und als "Büroecke" nutzte.

»Ah, guten Morgen Frau Kommissarin, leider habe ich ihren Namen vergessen«. Er kam mit ausgestreckter Hand auf Lisa zu.

Lisa war sehr enttäuscht, dass der Mann mit dem sie in ihrer Phantasie bereits heiße Liebesspiele vollbracht hatte, ihren Namen vergessen hatte. »Lisa, - Lisa Drollig«, bemerkte sie kühl und reichte ihm nun ihre Hand zur Begrüßung. »Ich komme heute aus folgendem Anlass«, Lisa holte das Foto des Verdächtigen aus ihrer Tasche, »haben Sie diesen Mann schon mal gesehen? «

Der, wie Lisa meinte, gutaussehende und wieder einmal betäubend wohlriechende Mann, nahm das Foto in die Hand und schaute genau hin. »Also, - es kann sein, dass der Mann schon mal hier war, aber ich erinnere mich nicht daran. Hier kommen täglich so viele Menschen rein und nur die wenigsten sind Stammkunden, deren Gesichter sich mit der Zeit einprägen«, der Ladeninhaber gab das Foto zurück,

»aber der hier, - nein, an den kann ich mich nicht erinnern«.

Lisa schaute den Mann lächelnd an und bewunderte seine, wie sie aus ungefähr einem Meter Entfernung zu erkennen glaubte, bernsteinfarbenen Augen, als aus der Büroecke, aus der der Mann eben gekommen war, eine schätzungsweise dreiundzwanzig jährige Blondine, mit Hot Pans und mit fast bis zum Bauchnabel aufgeknöpfter Bluse, erschien. »Liebling, wann kommst Du wieder? Dauert es noch lange? «Sie schmiegte sich an den Mann, der vor Lisa stand. Dabei öffnete sich die Bluse und Lisa erkannte, dass die junge Frau keinen BH trug. Die winzigen Brüste lugten sogar neugierig ein wenig unter dem Stoff hervor.

»Gleich«, meinte der nette junge Mann, »die Kommissarin ist gleich fertig. Geh schon mal nach hinten«, dabei küsste er die junge Frau auf die Stirn.

»Die Kommissarin ist sogar sofort fertig«, meinte Lisa, als die junge Frau auf dem Rückweg war und Lisa dem Mann das Foto aus der Hand nahm. Sie war bodenlos verletzt, hatte sie sich doch in inniger Umarmung mit dem Mann gesehen und nicht dieses junge Luder.

Anscheinend merkte der Ladeninhaber die umgeschwungene Stimmung und bemerkte leise: »Wir haben uns gestern Abend kennengelernt und haben uns noch viel zu erzählen«, dabei zeigte er mit dem Kopf nach hinten in die Ecke und zwinkerte Lisa zu.

»Das geht mich nichts an«, meinte Lisa schnippisch, »ich bin lediglich im Rahmen meiner Ermittlungen hier«. Sie drehte sich um und verließ das Geschäft. Als sie ein paar Schritte gegangen war, blieb sie außerhalb der Sichtweite des Ladens stehen und musste sich ein paar kleine Tränen abwischen. »Was hat dieses Luder, was ich nicht habe? Die hat doch noch gar keine Erfahrung mit richtigen Männern«, dachte sie sich, bevor sie weiterging um das Hotel, in dem Louis Krüger abgestiegen war, aufzusuchen.

*

»Ja genau das ist der Mann, der hier nach dem Oberstaatsanwalt gefragt hatte«, erinnerte sich der Eisverkäufer in Remagen, nachdem Peter Ludwig das Foto gezeigt hatte.

»Sie erinnern sich so genau an den Mann? Sie sagten doch Sie hätten hier mehrere Hundert Gäste am Tag? «

Der wohlbeleibte Eisverkäufer lachte, als er sagte: »Genau, - aber in dem Fall erinnere ich mich sehr gut, da der Mann zwei Merkmale hatte, die in meinem Gedächtnis eine Verknüpfung herstellten, daher ist er mir auch im Gedächtnis geblieben«.

»Wie kann ich das verstehen? Zwei Dinge waren Ihnen aufgefallen und deshalb haben Sie eine Verknüpfung hergestellt? « fragte Peter Ludwig nochmal nach.

»Kennen Sie das nicht? Wenn Sie sich etwas Wichtiges merken wollen, ist es sinnvoll, sich dazu zwei Dinge zu merken. Ihr Gehirn legt das dann in einem bestimmten Fach des Gedächtnisses ab und hat so einen schnelleren Zugriff darauf, wenn Sie sich daran erinnern wollen. Das ist ein Teil der Psychologie. Ich weiß das deshalb, weil Psychologie mein Hobby ist und ich bereits sehr viel darüber gelesen habe. Genauso geht es aber auch mit Sachen, an die Sie sich nicht aktiv erinnern wollen und die aus Ihrem Unterbewusstsein in Ihr Bewusstsein, hervordringen. Versuchen Sie es einmal und merken sich zwei Sachen bewusst in Verbindung miteinander«, grinste der Mann, »es klappt«.

Noch darüber nachdenkend fragte Peter: »Und was für zwei Sachen hatten Sie sich bei diesem Mann«, Peter zeigte auf das Bild, »gemerkt? «

»Das war zum einen der auffällige Seidenanzug, von dem ich dachte es sei ein Leinenanzug und zum anderen seine Augen. Schauen Sie sich einmal die Augen genau an. Mir kam das damals komisch vor, wieso ein Chinese, für den ich ihn damals hielt, Augen hat, die eigentlich europäisch aussehen. Sehen Sie hier«, er zeigte auf das Foto, »die Augenform ist nicht typisch für einen Chinesen«.

»Und deshalb wissen Sie jetzt, dass der Mann hier war?« fragte Peter, immer noch ungläubig.

Der Eisverkäufer nickte. »Ja, - ich sehe ja nicht, was der Mann für einen Anzug trägt, dafür ist der Fotoausschnitt zu sehr vergrößert. Wie es aussieht, ist das ja ein Foto eines Starenkastens«.

»Sie haben aber eine ausgeprägte Beobachtungsgabe. Vielen Dank, - Sie haben mir sehr geholfen«, verabschiedete sich Robert.

»Vielleicht noch ein leckeres Eis zum Mitnehmen? «

Peter winkte ab und zeigte auf seinen Bauch. »Meine Frau sagt immer, ich solle ein klein wenig aufpassen, meiner Gesundheit zuliebe«.

Peter ging zum Außenbereich des Restaurants, dass nur knapp fünfzig Meter weiter entfernt war und ebenfalls an der Rheinpromenade lag. Hier hatte der Inhaber seinen Wagen verbotswidrig vor seinem Restaurant geparkt, um seine Einkäufe aus dem Großmarkt, schnell zu entladen.

»Entschuldigen Sie«, rief Peter, als er dem Mann entgegenschritt.

»Ich habe keine Zeit«, meinte dieser etwas barsch, da er die Hände voll mit schwerem Material hatte. »Ich darf hier eigentlich nicht stehen, nur schnell ausladen. Kommen Sie bitte gleich ins Restaurant, dann können Sie bestellen«.

»Erkennen Sie mich nicht?« meinte Peter, »ich war doch gestern schon mal hier. Kripo Siegburg«.

»Ach ja, Entschuldigung, ich hatte sie nicht angeschaut. Ich stell das hier nur mal kurz ab und bin direkt für Sie da«. Der Mann ging ins Restaurant, kam aber sofort wieder. »Was kann ich für Sie tun«, fragte er freundlich, schaute sich aber um, ob keine Politesse in Sicht war.

»Erkennen Sie diesen Mann wieder, der am Tisch bei Herrn Hartung gesessen hatte? «, fragte Peter, nachdem er das Foto zeigte.

»Tut mir leid«, meinte der Mann kopfschüttelnd, »kann sein, kann nicht sein, - irgendwie sehen Chinesen für mich alle gleich aus. Nein, - identifizieren könnt ich ihn nicht«.

Peter steckte das Bild wieder ein. »Trotzdem vielen Dank«, meinte er und ging wieder in Richtung seines Dienstfahrzeuges. Er wollte nun noch die Familie "von Abels" in Lohrsdorf aufsuchen, um das Foto vorzulegen. Hatte der mutmaßliche Täter vorher schon Kontakt mit der Familie gehabt? Dies wollte er herausfinden. Leider war niemand aus der Familie zu Hause. Ein Nachbar der Familie winkte Peter zu seinem Gartenzaun und sagte: »Die Nachbarn haben einen

Todesfall, da ist im Moment keiner. Die sind eben zum Bestatter und zum Pfarrer gefahren. Die armen müssen jetzt alles vorbereiten und in die Wege leiten, um den Aloisio, "Gott hab ihn selig", unter die Erde zu bringen.

»Todesfall? «, fragte Peter, »wissen Sie denn, wer das alles erbt? «. Peter wusste, dass auf dem Land einer vom anderen alles weiß und wollte so an Informationen kommen, die ihm als Kriminalbeamten vielleicht nicht verraten worden wären.

Der alte Mann drehte sich um und winkte ab. »Fragen sie die Leute selber, ich weiß von nix«, meinte er, als er schon im Gehen war.

*

Das Telefon klingelte drei Mal.

»Ja bitte«, meldete sie sich, als das Gespräch angenommen wurde.

»Ich bin´s, - habe die Aufträge erledigt. Brauche meine letzte Rate, danach fahre ich nach Hause«.

»Gut, - Moment ich sehe nach, wann ich Zeit habe«.

»Gut«.

»Kommen Sie heute um fünfzehn Uhr, dann habe
ich Zeit für Sie«.

»Gut, - bis dann«.

Die rote Taste am Handy wurde gedrückt.

*

Thekla wählte von ihrem Büro aus, die
Telefonnummer der Kollegen in Bad Neuenahr-
Ahrweiler.

»Kriminalpolizei Bad Neuenahr-Ahrweiler,
Mordkommission, guten Tag«, meldete sich eine
freundliche Männerstimme.

»Bundeskriminalamt, Thekla Sommer hier, guten
Tag«.

»Sollen wir unseren Fall jetzt doch an Euch abtreten? « fragte der Mann, dessen Stimme nun nicht mehr so freundlich klang.

Thekla überhörte den Unterton absichtlich. »Ich habe nur eine Frage an Sie, - bei Euch hatten sich Zeugen gemeldet, die nach ihrem Kneipenbummel, den PKW mit SU Kennzeichen gesehen hatten, der aus der Richtung des später brennenden Wohnmobils kam. Ich erinnere mich, dass diese Zeugen eine Aussage machten, dass sie in dem Wagen einen asiatisch aussehenden Fahrer gesehen hatten. Richtig? «

»Ja, -das stimmt«.

»Haben Sie vielleicht Namen und Adressen dieser Zeugen? Es geht um eine eventuelle Querverbindung zu unserem Fall«.

»Moment, - ich schaue nach«, sagte der Neuenahrer Kollege.

Er schien sich viel Zeit zu nehmen, vielleicht auch kurz an seinem Kaffee zu trinken. Nach gefühlten fünf Minuten meldete er sich wieder: »Hallo, - sind Sie noch da? «

Thekla bemühte sich, ihre Stimmung zu überspielen. »Ja, natürlich, - haben Sie etwas gefunden? «

»Also, in der Akte sind die Namen nicht vermerkt, auch meine Kollegen haben keine Notizen gefertigt. Seinerzeit hatte man noch keine Erkenntnisse darüber, dass die Beobachtung des PKWs und des, einige Stunden später brennenden Wohnmobils, in Zusammenhang stehen würden«.

»Ich dachte auch nur, es hätte uns irgendein Hinweis hier weiterhelfen können. Ansonsten habt Ihr bestimmt korrekt gehandelt. Danke für die Auskunft«, meinte Thekla und legte den Hörer auf. Thekla grübelte darüber, ob die Ermittlungsergebnisse, die am Abend in der Fallbesprechung stattfinden sollten, den Fall klarer erscheinen lassen würden. Sie ging vor das Präsidium, wo Robert bereits in ihrem Twingo auf sie wartete.

»Irgendwas erreicht? « fragte er neugierig.

»Ach hör auf«, winkte Thekla ab und schnallte sich an, »die haben solche Angst um Kompetenzgerangel. Nein, - die haben die Namen nicht notiert, angeblich wegen nicht erkennbarem Kausalzusammenhang«.

Robert wählte, wie drei Tage zuvor den Weg über die Autobahn, um die Abfahrt Troisdorf zu nehmen. Er erinnerte sich gut daran, wie schnell sie bei der ersten Fahrt zu Frau Chaminski, das Ziel erreichten.

Die Haustüre stand offen und so gingen sie in den Flur des zweigeschossigen Hauses. Im Erdgeschoss klingelte Robert an der Türe mit dem Namensschild "Chaminski".

Man sah, wie sich hinter dem Türspion etwas bewegte und die Türabsperrkette von innen aufgelegt wurde. Als sich die Tür einen Spaltbreit öffnete, hörte man die Dame sagen: »Ja bitte, Sie wünschen? «

»Hallo Frau Chaminski«, sagte Thekla mit etwas lauterer Stimme als sonst, »wir sind es nochmal, die Kriminalpolizei aus Siegburg«.

Sofort wurde die Türkette entfernt und die Türe wurde geöffnet.

»Wie können Sie denn so laut im Treppenhaus sagen, woher Sie kommen? « zischte Frau Chaminski die beiden Kommissare an.

Ein älteres Ehepaar, das gerade durch die Haustüre hereinkam und mit vollbeladenen Tüten die Treppenstufen in die obere Etage hinaufging, schaute in die Richtung von Frau Chaminski.

»Guten Tag«, sagten die Beiden beim Vorbeigehen.

»Guten Tag«, entgegnete Thekla freundlich, bevor sie und Robert eilig hereingewunken wurden.

»Was gibt es denn, ich habe nicht viel Zeit, da gleich ein Klavierschüler kommt.

»Schauen Sie mal hier«, Thekla zeigte das Foto aus der Radarstation in Oberdollendorf, »haben Sie den Mann schon mal gesehen«.

Die alte Dame ging in die Küche, zündete eine Kerze an und stellte sie ins Fenster, das zur Straßenseite lag. Danach nahm sie das Foto in die Hand und meinte, nachdem Thekla am Zucken der Gesichtsmuskeln bemerkte, dass Frau Chaminski etwas nervös wurde: »Nein, habe ich nie gesehen. Wer soll das sein? «

»Frau Chaminki«, fragte Robert, »kann es sein, dass es sich bei dem Mann um Ihren chinesischen Klavierschüler handelt, von dem Sie uns erzählt hatten? «

Die alte Dame schüttelte den Kopf, als sie sagte: »Nein, Herr Lee Sun hat braune Haare mit

Seitenscheitel. Der Mann hier auf dem Foto hat doch eher schwarze Haare ohne Scheitel«.

»Wir würden gerne mit Herrn Lee Sun sprechen. Können Sie uns einen Gesprächstermin vermitteln? Unter der Rufnummer, die Sie uns genannt haben, bekommen wir Herrn Sun nicht zu sprechen« fragte Theka.

»Der Mann kommt nur ab und zu hierhin. Er ruft dann vorher an, meistens wenn er Zeit hat und fragt nach einem kurzfristigen Termin«.

»Sagen Sie uns bitte Bescheid, wenn er wieder nach einem Termin fragt? Hier haben Sie meine Karte mit der Handynummer unter der ich erreichbar bin. Es ist wirklich sehr wichtig«.

Frau Chaminski nickte. »War's das jetzt? « fragte sie.

Als Thekla und Robert kurz davor waren, die Wohnungstüre zu öffnen, drehte sich Robert noch einmal um und fragte: »Warum haben Sie eine Kerze angemacht und ins Fenster gestellt, als wir kamen? «

Schlagfertig, als wäre sie darauf vorbereitet, sagte die alte Dame: »So wissen die Nachbarn und meine Schüler, dass jemand hier ist und ich nicht gestört werden möchte«.

»Oder ist das ein verabredetes Zeichen und stammt aus alten Zeiten, in denen Sie noch für verschiedene Geheimdienste tätig waren«, fragte Robert unverhohlen.

Die Körperhaltung der alten Frau änderte sich augenblicklich. Sie war nicht mehr gebeugt, sondern richtete sich gerade auf und der Kopf wurde erhoben, als sie nun mit weit offenen Augen fragte: »Woher wissen Sie das denn? Das ist fast vierzig Jahre her und ich habe lange dafür gebüßt. Schließlich bin ich dafür auch aus meinem Heimatland ausgewiesen worden«.

Bevor Robert etwas dazu sagen konnte, meinte Frau Chaminski energisch:»Bitte gehen Sie jetzt«.

Als die Beiden am Haus entlang, in Richtung des, in der Seitenstraße abgestellten Wagens gingen, sahen sie, wie Frau Chaminski die Kerze löschte.

»War das mit der Kerze vielleicht doch ein verabredetes Zeichen?« fragte sich Robert, als er den Wagen startete, auf dessen Beifahrersitz Thekla sich in die gewohnte Haltung des "Nachdenkens", gesetzt hatte.

*

»Stellt Euch vor, wir haben einen Treffer«, sagte Lisa aufgeregt am Telefon zu Thekla, die das Gespräch entgegennahm. Sie war mit Robert wieder auf der Autobahn in Richtung Siegburg, als Lisa anrief. »Nachdem ich bei dem Ladenbesitzer des Tabakladens eine negative Auskunft hinsichtlich des vorgezeigten

Fotos bekam, bin ich in das Hotel gegangen, in dem Louis Krüger eingecheckt hatte«.

»Und?« fragte Thekla, »wieso "Treffer"? Moment ich stell Dich auf "laut"«.

»Also, an der Rezeption war ein Mann. Ich fragte, ob Frau Schönfelder da sei, da ich ihr ein Foto zeigen wolle. Als der Mann sagte, die Chefin sei erst am späten Nachmittag wieder da, zeigte ich ihm das Bild mit der Frage, ob er den Mann schon mal gesehen hätte. Der Mann schaute interessiert auf das Foto und meinte, der Mann wäre seit fast einer Woche Gast im Hotel. Er wäre am Morgen aus dem Hotel gegangen und hätte gesagt, er wolle am heutigen Tag auschecken. Man möge die Rechnung für den späten Nachmittag fertig machen«.

Thekla überlegte kurz. Die Ereignisse schienen sich nun zu verdichten und sie müsse mit klarem Kopf vorgehen. Sie wusste, nun müsse sie "auf die Nasenspitze schauen" und den geraden Weg gehen.

»Lisa hör zu, verlasse das Hotel und lass Dir nichts anmerken, dann stellst Du Dich bitte etwas entfernt so hin, dass Du den Hoteleingang im Blick hast. Wir werden die nächste Autobahnabfahrt nehmen und zu Dir kommen. Zwischenzeitlich werde ich ein SEK anfordern, das sich in dem Hotel im angemieteten Zimmer von Herrn Sun platzieren wird. Der Mann ist möglicherweise sehr gefährlich und vielleicht weiterhin im Besitz des Kontaktgiftes "VX".

»Verstanden«, sagte Lisa kurz, da sie wusste, dass nun Eile geboten war.

Kurz bevor Robert die Ausfahrt Troisdorf wieder erreichte, um in die Innenstadt abzubiegen, klingelte Theklas Handy wieder. Sie erkannte die Nummer von Sybille im Polizeipräsidium.

»Was gibt's, Sybille, wir sind im dringenden Einsatz. Ich habe bereits das SEK informiert, zu dem wir gleich dazustoßen werden«, meldete sich Thekla.

»Okay«, antwortete Sybille, die nun wusste, dass sie sich kurz fassen musste, »meine internen Recherchen und die langjährige Bekanntschaft mit einem Bankdirektor haben ergeben, dass auf dem Konto von Frau Olga Chaminski, vor etwa zwei Wochen, ein Geldbetrag in Höhe von einhundertfünfzigtausend Schweizer Franken eingegangen war. Das sind etwa einhundertvierzigtausend Euro«.

»Schweizer Franken? « fragte Thekla ungläubig.

»Ja, ich wunderte mich auch, weil der Tote Louis Krüger auch aus der Schweiz kam«.

»Von wem wurde das Geld überwiesen? « wollte Thekla wissen.

»Überweiser unbekannt«, gab Sybille als Auskunft, »auch meine Bekanntschaft, der Bankdirektor, konnte keine weitere Auskunft geben. Er verwies auf das strenge Schweizer Bankgeheimnis«.

»Okay, danke Sybille, dann werden wir gleich nochmal bei der Dame vorbeischauen. Erst ist jetzt der Einsatz im Hotel notwendig. Besorg doch bitte telefonisch einen Durchsuchungsbefehl für die Posener Straße 2, in Troisdorf-Oberlar, auf den Namen Chaminski. Wir können diesen dann auf Verlangen auch nachreichen. Hauptsache er liegt vor der Durchsuchung, von einem Richter unterschrieben, bereit«.

»Gut mach ich sofort«, entgegnete Sybille, die genau wusste, wie sich Thekla nun vor einem finalen Einsatz fühlte. Oft genug hatte sie es selber bei Einsätzen gespürt. Das Gefühl, bis kurz vor dem Zerreißen angespannter Nerven und anschließend die erholsame Erleichterung.

*

Peter Ludwig war auf der Rückfahrt von Lohrsdorf über die A61, als er telefonisch von Lisa über die neuesten Entwicklungen im aktuellen Fall unterrichtet wurde. Auch über den bevorstehenden Einsatz eines SEK informierte ihn Lisa.

»Ich werde es auf keinen Fall schaffen, bei den Zugriffen dabei zu sein«, meinte Peter, »ich stehe im Stau auf der A61 in Fahrtrichtung Meckenheimer Kreuz. Eben meldeten sie im Radio, dass sich der Verkehr auf einer Strecke von vierzehn Kilometern bis nach Rheinbach staut. Bis zur nächsten Abfahrt, dem Meckenheimer Kreuz, sind es noch etwa vier Kilometer«.

»Gut, ich sage es Thekla, wenn sie gleich kommt, - oh, ich sehe gerade, dass das SEK eintrifft. Ich muss dahin und die erste Sachlage bekannt geben. Tschüss Peter«. Lisa beendete das Gespräch und ging zu den vermummten Männern. Man hatte die Spezialeinheit darüber informiert, dass es sich um die Überwältigung einer Person handelt, die möglicherweise bewaffnet, aber schlimmer noch, möglicherweise auch im Besitz eines höchstgefährlichen Kontaktgiftes sei.

Dementsprechend trug die Einsatzgruppe neben Spezialkleidung auch Gasmasken unter ihren Schutzhelmen.

Der Einsatzleiter des SEK war der erste und bisher einzige, der aus dem kleinen Mercedes-Van ausstieg, um sich ein Bild über die Lage zu verschaffen. Lisa winkte ihm zu und beeilte sich, zu ihm zu kommen. In dem Moment kam Theklas Twingo in die Fußgängerzone gefahren und hielt vor dem Hotel. Thekla informierte den Einsatzleiter über die Fakten. Der gab über Funk einige Kommandos, wonach sich die Seitentüre des Van öffnete und vier Männer zum Seiteneingang des Hotels liefen. Sofort lief Thekla mit dem SEK-Einsatzleiter ins Hotel und verlangte das Öffnen der Seitentüre. Der junge Mann am Empfang war zwar völlig überrumpelt, betätigte aber die Fernentriegelung der Türe. Thekla fragte nach der Zimmernummer des chinesischen Gastes und verlangte nach der Codekarte zum Öffnen des Zimmers.

Anschließend zogen sich die Beamten in die Etage zurück, in der das Zimmer war. Als Thekla nach einigen Minuten wieder am Empfang erschien, instruierte sie den, immer noch verschreckt wirkenden jungen Mann, dass er dem Gast, wenn er kommen würde, die Codekarte aushändigen solle, aber auf gar keinen Fall etwas von der Polizeiaktion erwähnen und so den Mann warnen dürfe. Eingeschüchtert nickte der Hotelangestellte. Thekla ging wieder nach draußen zu Lisa und Robert, der mittlerweile den Wagen ordnungsgemäß geparkt hatte und zeigte auf ein kleines Restaurant gegenüber des Hoteleingangs. »Wir setzen uns da hin, um den Eingang im Blick zu haben«.

Die Drei setzten sich an einen der runden Tische im Außenbereich des Restaurants und bestellten, da der Kellner sofort kam, jeweils ein Glas Mineralwasser.

Nach etwa fünfzehn Minuten war es so weit. Thekla funkte sofort mit einem Funkgerät, welches sie von den SEK-Beamten bekommen hatte, dass ein asiatisch aussehnder Mann in Begleitung von Frau Schönfelder, der Hotelmanagerin, das Gebäude betreten hätte.

Thekla zeigte auf Robert und meinte:

»Du kommst mit mir. Lisa, Du verständigst die Kollegen der Polizeiwache, die nur wenige hundert Meter von hier entfernt ist, sie sollen sofort den hiesigen Bereich im Umkreis von einhundert Metern absperren und mit zwei Streifenwagen hier vor das Hotel kommen. Aber alles ohne Martinshorn, da wir keinen vorwarnen wollen«.

Nun ging alles blitzschnell.

Thekla und Robert betraten das Foyer. Als sie sahen, das Frau Schönfelder an der Rezeption bei dem jungen Hotelangestellten stand, eilten sie zu ihr hin.

»Ah, guten Tag«, meinte sie freundlich, »kann ich Ihnen weiterhelfen? Haben sich neue Erkenntnisse zu Herrn Krüger ergeben? «

Ohne lange zu zögern, stellten sich Robert und Thekla rechts und links neben die Frau hinter die Rezeption.

»Frau Krüger«, sagte Thekla, »im Augenblick findet hier im Hotel ein Einsatz eines SEK-Teams statt. Ich nehme Sie hiermit vorläufig fest, unter dem Verdacht, an einer geplanten und verabredeten Tötung des Herrn Krügers teilgenommen zu haben. Sie werden einem Haftrichter vorgeführt, der innerhalb von achtundvierzig Stunden über einen Haftbefehl entscheidet«.

Die Hotelmanagerin machte einen Ausfallschritt nach rechts, dorthin, wo sich der Raum hinter der Rezeption befand. Robert, der hinter Frau Schönfeld stand, griff ihre beiden Arme, um sie auf ihrem Rücken zusammenzuhalten. Thekla holte ihre Handschellen aus dem Inneren ihres Blousons und legte sie der Frau an. Zeitgleich öffnete Herr Lee Sun die Türe zu seinem Hotelzimmer, in dem sich vier der SEK-Spezialisten versteckt hielten. Einer war auf dem Balkon in Deckung gegangen, wobei die Balkontüre nur angelehnt wurde. Ein anderer Beamter hatte sich neben das Bett gelegt, jederzeit bereit aufzuspringen und zwei weitere der insgesamt vier Beamten befanden sich im Badezimmer. Der Hotelgast ging, nachdem er die Zimmertüre hinter sich geschlossen hatte, an der geöffneten Badezimmertüre vorbei, in Richtung des Bettes. Er stellte einen beigen Aktenkoffer auf den Boden. Etwas stutzig geworden, als hätte er im Augenwinkel beim Vorbeigehen im Badbereich etwas Ungewöhnliches bemerkt, ging er zurück um nachzuschauen. In diesem Moment zündete der Beamte, der hinter dem Bett lag eine Blendgranate, die dem Asiaten augenblicklich die Sicht nahm und ihn für mehrere Sekunden so stark blendete, dass er überhaupt nichts mehr sehen konnte. Für solche Situationen ausgebildet, stürmten nun alle SEK-Leute mit entsprechenden Schutzvisieren ausgestattet, auf den

Tatverdächtigen und fixierten seine Hände mit Kabelbindern auf dem Rücken. Extrem vorsichtig wurde der Mann nach eventuellen Behältnissen mit dem hochgefährlichen Kontaktgift "VX" untersucht. Auch der Koffer wurde, wie es die Beamten gelernt hatten, gesichert und geöffnet. Es war kein Gift darin enthalten, dafür aber zehntausend Euro in bar.

Nachdem alles unter Kontrolle war, rief der Einsatzleiter, der die Aktion vom Treppenhaus aus mit einer speziellen Teleskopkamera beobachtet und koordiniert hatte, Thekla über Funk an. Am Zimmer des Verhafteten angekommen, bedankte sie sich zunächst bei den Kollegen des SEK für ihren Einsatz und meinte dann in Richtung des Asiaten:

»Herr Lee Sun, ich nehme Sie hiermit vorläufig fest, unter dem Verdacht des mehrfachen Mordes in Tateinheit mit der Beauftragung eines Mordes an Herrn Louis Krüger. Sie werden dem Haftrichter vorgeführt, der binnen achtundvierzig Stunden über einen

Haftbefehl entscheidet. Das Geld und der Koffer
werden beschlagnahmt«.

Thekla übergab den gerade Festgenommenen an
einen Kollegen der Polizeiwache Troisdorf, der Thekla
in die entsprechende Etage gefolgt war, mit den
Worten: »Auch diesen Mann ins Polizeipräsidium
Siegburg, in den Arrestbereich genauso wie die eben an
Sie übergebene Frau Schönfelder«.

»Puh«, meinte Robert, der sich mit dem Hemdärmel
seinen imaginären Schweiß abwischte, »das war's«.

Thekla schüttelte den Kopf: »Oh nein, - jetzt geht's
erst los«, sagte sie und ging mit Robert hinunter ins
Foyer, in dem Lisa wartete.

»Das war aber wild«, sagte Lisa, die einen solchen
Einsatz in ihrer jungen Karriere bei der Kriminalpolizei
noch nicht erlebt hatte.

»Du bist doch wilde Sachen gewohnt«, meinte Robert augenblinzelnd in Anspielung an Lisas sexuelle Spielereien mit beidseitigem Geschlecht.

Lisa errötete.

Thekla meinte, immer noch konzentriert wirkend: »Lisa, fahr bitte zu Frau Pia Kleimert. Wir müssen sie bei der sich gegenwärtig entwickelnden Lage für tatverdächtig halten, das Gift in das Feigenliquid gemischt zu haben, bevor sie es hier an der Rezeption für Herrn Krüger hinterlegt hatte. Nimm sie vorläufig fest, unter dem Verdacht der vorsätzlichen Tötung an Herrn Krüger. Danach bringst Du sie bitte in Begleitung eines Streifenbeamten der hiesigen Polizeiwache ins Präsidium. Wir zwei«, dabei zeigte sie auf Robert und sich selbst, »werden nun bei Frau Chaminski vorstellig«.

Als Thekla die Nummer von Sybille im Präsidium wählte, ging Lisa den Auftrag auszuführen.

»Hast Du den richterlichen Durchsuchungsbeschluss für die Wohnung der Frau Chaminski? « fragte Thekla, als Sybille sich meldete.

»Jawohl, liegt hier vor mir«, entgegnete Sybille.

»Schick ihn mir bitte als PDF aufs Handy. Danke«.

Thekla ordnete an, dass die weiträumige Absperrung um das Hotel herum aufgehoben werden könne, da der Einsatz hier beendet sei. Gleichzeitig fragte sie bei dem Dienststellenleiter an, ob sie noch Unterstützung durch die Kollegen, bei einer Hausdurchsuchung erhalten könne.

Zehn Minuten später hielt der Twingo in Begleitung zweier Streifenwagen erneut in der Posener Straße in Oberlar. Die Uniformierten positionierten sich so neben der Haustüre, dass sie nicht gesehen werden konnten, als Thekla klingelte. Diesmal wurde die Haustüre ohne weitere Nachfrage, mittels Türsummer geöffnet.

»Ach, Sie schon wieder, - langsam werden Sie aber lästig«, meinte Frau Chaminski, als sie Thekla und Robert nach Öffnen der Wohnungstüre erkannte. Robert stieß mit einer Hand, vorbei an dem Rücken der alten Dame, die Wohnungstüre auf und vier Streifenbeamte stürmten in die Wohnung.

»Hey, - was soll das? « rief die nun gebrechlich wirkende Frau.

»Frau Chaminski, tun Sie doch nicht so kränklich. Bei unserem Besuch vorhin, wirkten Sie resolut und standhaft, als Sie uns aus der Wohnung gewiesen haben«, meinte Robert.

»Also hören Sie mal ...«, entrüstete sich die Frau.

»Frau Chaminski, wir haben hier einen Hausdurchsuchungsbefehl. Sie stehen unter Verdacht der Mittäterschaft, mehrere Morde geplant oder sogar in Auftrag gegeben zu haben«.

Einer der Beamten, die eben in die Wohnung vorgedrungen waren, kam aus dem Wohnzimmer und zeigte in der einen Hand, säuberlich abgeheftete Kontoauszüge und in der anderen Hand einige Geldbündel großer Scheine.

»Hundertdreißigtausend Euro?« fragte Thekla in Richtung der alten Dame.

Diese hatte den Kopf nun tief gesenkt. Sie schien gebrochen zu sein und flüsterte nur: »So viel ist es nicht mehr. Wie haben Sie das rausbekommen?« fragte sie nur noch.

»Frau Chaminski, Sie sind vorläufig festgenommen. Der Haftrichter wird innerhalb von achtundvierzig Stunden darüber entscheiden, ob Haftbefehl gegen Sie erlassen wird«.

Zu den Kollegen sagte sie: »Abführen und ebenfalls ins Siegburger Präsidium, Arrestzelle«.

Als Frau Chaminski, die wegen ihres hohen Alters keine Handschellen angelegt bekam, aus der Haustüre geführt wurde, rief Thekla hinterher; »Wartet Kollegen, ich fahre mit Euch« und zu Robert sagte sie: »Vielleicht vertraut sie mir unterwegs noch etwas an. Wir können es zwar im Prozess nicht verwenden, - aber vielleicht können wir ermittlungstaktisch noch etwas weiterkommen«, dabei schaute sie Robert an, gab ihm einen Kuss und zwinkerte ihm mit dem rechten Auge zu.

*

Vorsichtig half Thekla der Frau auf den linken hinteren Sitz des Streifenwagens, bevor sie die Türe schloss, um sich rechts neben die jetzt sehr betrübt wirkende Frau zu setzen. »Sagen Sie mal«, Thekla sprach nun mit einer sehr ruhigen und gedämpften Stimme, »warum das alles? Sie haben einhundertfünfzigtausend Schweizer Franken bekommen, - wofür? War es das wert, für Geld drei

Menschenleben zu opfern? Jetzt wird eine sehr hohe
Strafe auf Sie zukommen und möglicherweise werden
Sie nie wieder aus dem Gefängnis rauskommen«.

Frau Chaminski hob den Kopf und blickte Thekla
aus verweinten Augen an. Thekla reichte ihr ein
Papiertaschentuch und als sich die Frau die Tränen
abgewischt und die Nase geputzt hatte, sagte sie immer
noch mit dicken Tränen in den Augen, die ihr nun über
die Wangen liefen: »Ich habe doch niemanden getötet, -
ich war doch nur Vermittlerin«.

»Vermittlerin? wofür? « fragte Thekla nach.

»Vor zwei Monaten bekam ich einen Anruf. Eine
Frau mit Schweizer Akzent meldete sich. Sie war
überaus höflich und schien ihrem Vokabular nach zu
urteilen, sehr gebildet zu sein. Sie sagte, sie sei Frau
Krüger, die Frau eines Mannes, der sehr widerliche
Dinge mit ihr gemacht hatte, der aber in der
Öffentlichkeit ein hohes Ansehen genieße. Sie sagte
weiter, dieser Mann wolle, das hatte sie

herausbekommen, privaten Klavierunterricht nehmen und zu mir kommen, da er mich bereits seit vielen Jahren für meine Klavierkonzerte bewundere. Er würde sich bestimmt in nächster Zeit bei mir melden. Weiterhin erzählte sie mir, sie hätte weitreichende Erkundigungen über mich eingezogen und hätte erfahren, dass ich für verschiedene Geheimdienste als Informantin gearbeitet hatte. Wenn Sie diese Informationen heute an die Presse oder bei Geheimdiensten anderer Staaten platzieren würde, wäre mein schönes Leben hier in Deutschland vorbei«.

»Sie wurden erpresst? « fragte Thekla.

Frau Chaminski nickte, als sie fortfuhr: »Sie sagte mir, ich solle ihr helfen, ihren Mann loszuwerden. Sie würden in Scheidung leben und sie würde nach einer Scheidung mittellos dastehen. Sollte jedoch, solange die Ehe auf dem Papier existiert, ihrem Mann etwas zustoßen, würde das angesparte Vermögen, es handelte sich wohl um über eine Million Schweizer Franken, an sie fallen. Frau Krüger sicherte mir zu, ihr Wissen für sich zu behalten wenn ich dank meiner früheren Kontakte, einen Plan entwickeln würde, um Herrn Louis Krüger ins Jenseits zu befördern. Weiterhin sicherte sie mir zu, einhundertfünfzigtausend Franken auf mein Konto zu überweisen, die ich für meine Auslagen hinsichtlich der Tatumsetzung verwenden solle.

»Sie hat also einen Mord in Auftrag gegeben und dafür im Voraus bezahlt? « Thekla war sehr erstaunt.

»Die Frau schien sehr dominant und von ihrem Plan, sowie der Umsetzung durch meine Person, überzeugt. Sie erzählte mir noch Einzelheiten, warum ihr Mann hier in Deutschland verweilen würde und nannte mir auch Namen und Wohnorte von Leuten, mit denen er sich hier treffen würde«.

»Woher wusste sie davon? Die Beiden lebten doch getrennt? « fragte Thekla.

»Frau Krüger erzählte mir weiter am Telefon, sie hätte noch einen Wohnungsschlüssel von der Wohnung, in der ihr Mann nach der Trennung geblieben war. Dort wäre sie bei einem anderen Auslandsaufenthalt ihres Mannes hingegangen und hätte im Schreibtisch nach Informationen gesucht. Dabei sei ihr der Terminplan in die Hände geraten, in dem alles genau notiert gewesen sei. Auch der geplante Unterricht bei mir, während seines kurzen geschäftlichen Aufenthaltes hier«.

»Wie kamen Sie an Frau Kleimert und Herrn Sun Lee? Welche Rolle spielten die Beiden? «

»Nachdem ich zunächst zwei Tage gegrübelt hatte und mich von der ganzen Sache distanzieren wollte, hatte ich plötzlich Geld einer Schweizer Bank auf meinem Konto. Es waren ungefähr einhundertneunundreißigtausend Euro. Da wußte ich, die Frau hatte geliefert und erwartete nun, dass auch ich liefere. Ich rief einen meiner alten Kontakte an, die Geheimnummern habe ich auch nach vierzig Jahren noch aufbewahrt und fragte, ob mir der Mann, übrigens der Vater von Lee Sun, weiterhelfen könne. Ich erzählte ihm die ganze Geschichte, bis er meinte, er wäre nun auch zu alt für solche Sachen aber sein Sohn, ein Mitglied einer afghanischen Terrororganisation, würde sich der Sache sicherlich annehmen. Er wohne zurzeit in der Nähe von Mannheim. Wir verabredeten, dass mich der Sohn anrufen würde. Am gleichen Tag rief Lee Sun bei mir an und wir verabredeten ein erstes Treffen für den nächsten Tag. Er verlangte allerdings für jede Exekution zehntausend Euro«.

»Und Frau Kleimert, wie passt die in die Geschichte? «

»Sie kam recht zufällig ins Spiel. Herr Lee Sun lernte sie kurz kennen, als sie ihre Stunde bei mir beendete und er im Flur auf einen Termin zur Besprechung wartete. Es kam uns sehr gelegen, dass Frau Kleimert, Herrn Louis Krüger bei mir kennenlernte und sich bei den Beiden etwas entwickelte. Auf meine gezielte Andeutung hin, sie möge doch ein gewisses Liquid kaufen und an der Rezeption des Hotels als Überraschung für Herrn Krüger hinterlegen, setzte sie dies in die Tat um. Sie wollte damit Herrn Krüger, der ihr sehr sympathisch war, überraschen, denn es war schließlich sein Lieblingsliquid. Sie hat also gar nichts mit dem Tod zu tun«.

»Aber, -wie kam denn das Gift in das Fläschchen? « wollte Thekla wissen.

»Herr Lee hatte Frau Schönfelder, die Hotelmanagerin, eingeweiht. Er hatte erfahren, dass sie in einem hohen finanziellen Engpass steckte und bot ihr an, sehr schnell zehntausend Euro verdienen zu können. Selbstverständlich ging sie darauf ein, als sie hörte, sie bräuchte nur einige Gramm einer Substanz in das Liquid zu geben, welches noch am gleichen Tag bei ihr für Herrn Louis Krüger abgegeben werden würde«.

»Ich verstehe«, meinte Thekla, als der Streifenwagen vor dem Polizeipräsidium in Siegburg vorfuhr. »Wenn Sie dies alles beim Haftrichter vortragen, wird das möglicherweise sehr strafmildernd für Sie gewertet werden«.

Thekla brachte Frau Chaminski in einen der Vernehmungsräume im Untergeschoß des weitläufigen Gebäudes. Hier, wo auch die Arrestzellen untergebracht waren, wurden nun die Festgenommenen nacheinander von Kollegen des kriminaltechnischen Dauerdienstes, unter Einsatz von Sprach- und Bildaufzeichnung, verhört.

Thekla indes, die sich mit Robert und den Kollegen ihres Teams, wieder in der Räumlichkeit ihrer Büros befand, wollte von Sybille Daten haben, wann Frau Krüger, die jetzige Witwe des Louis Krüger, in Deutschland erwartet würde?

Sybille rief sofort am Flughafen an und fragte, ob heute bereits eine Maschine aus der Schweiz gelandet sei oder noch eine erwartet würde. Nach der Aussage des Servicepersonals, es würde jeden Moment ein Flieger aus Zürich landen, fand man auch heraus, dass sich an Bord eine Frau Amelie Krüger befand.

Als Thekla diese Auskunft von Sybille erhielt, griff sie sofort zum Telefon und meldete sich mit: »Thekla Sommer, Bundeskriminalamt«.

Sieben Minuten später umstellten fünf Beamte der Flughafenpolizei eine Frau, die gerade vor dem Flughafen in ein Taxi steigen wollte.

»Frau Amelie Krüger? « wurde sie angesprochen.

Die Frau schaute erschrocken hoch und blickte in das Gesicht des Wortführers.

»Ja, das bin ich«, sagte die Frau, noch sehr siegessicher, da ihr Plan zu einhundert Prozent aufgegangen war.

»Frau Krüger, Sie sind vorläufig festgenommen unter dem Verdacht zur Anstiftung des Mordes. Alles was Sie jetzt sagen, kann gegen Sie verwendet werden. Sie haben das Recht, einen Anwalt hinzuzuziehen. Wir nehmen Sie nun in Gewahrsam, bis die Kollegen des Bundeskriminalamtes hier sind und Sie in deren Obhut überstellt werden«.

Widerstandslos ging die Frau mit den Beamten, nachdem ihr Handfesseln angelegt wurden. Ihre Handtasche und das Reisegepäck wurden sichergestellt.

*

Als Robert am späten Abend mit Thekla im Wohnzimmer ihres gemieteten Hauses auf der bequemen Couch saß und jeder zwei wohltuend kühle Flaschen Warsteiner Pils getrunken hatten, meinte Robert, der nun eine gewisse Bettschwere hatte:

»Komm mein Schatz, das waren ereignisreiche Tage. Nun haben wir uns die Ruhe eines ausgiebigen Schlafes verdient.«

Thekla nickte nur. Auch sie war von den letzten Tagen ziemlich geschlaucht und das Bier hatte sie nun dazu gebracht, mit Robert die Treppe nach oben zu gehen und sich dem Schlaf hinzugeben.

ENDE

Bisher erschienen in dieser Reihe:

Mord in Siegburg

Der *erste* Fall der Kommissarin Thekla Sommer

Mord in Bornheim

Der *zweite* Fall der Kommissarin Thekla Sommer

Mord in Rheinbach

Der *dritte* Fall der Kommissarin Thekla Somme

Mord in Sankt Augustin

Der *vierte* Fall der Kommissarin Thekla Sommer

Mord im Bonner "Regierungsviertel"

Der *fünfte* Fall der Kommissarin Thekla Sommer

Mord in Siegburg-Zentrum

Der *sechste* Fall der Kommissarin Thekla Sommer

Mord in Wesseling

Der *siebte* Fall der Kommissarin Thekla Sommer

Mord in Hennef

Der *achte* Fall der Kommissarin Thekla Sommer

Mord in Eitorf

Der *neunte* Fall der Kommissarin Thekla Sommer

Mord im Siebengebirge

Der *zehnte* Fall der Kommissarin Thekla Sommer

Morde mit "VX"

> Teil 1/3 Troisdorf <

> Teil 2/3 Remagen <

> Teil 3/3 Heisterbach <

Der *elfte* Fall der Kommissarin Thekla Sommer

Über den Autor:

Geboren 1958, in der Zeit des Wirtschaftswunders, verbrachte er seine Kindheit, mit zwei Schwestern und zwei Halbbrüdern, in Siegburg und dem ländlichen Windeck. Geprägt von dem idyllischen Umfeld, fühlte er sich in der Stadt nie so recht wohl und er suchte sein soziales Umfeld meist in ländlichen Regionen, wie Rheinbach, Meckenheim, Bornheim oder Herchen/Sieg.

Bereits im jungen Erwachsenenalter fing er an, seine Gedanken schweifen zu lassen und niederzuschreiben. Am Anfang war es mal ein Kinderbuch oder philosophische Zeilen. Als zertifizierter

Psychologischer Berater folgte ein psychologisch/spirituelles Werk. Seit einiger Zeit entspringen Krimis (aus dem Rhein-Sieg-Kreis) seinen Gedanken und dem Werk seiner Phantasie. Hier legt er aber besonderen Wert auf umfangreiche, historische Recherche hinsichtlich der Schauplätze seiner Handlungen.